U0533171

我和琉璃的山居四季

拾落 著

天津出版传媒集团

天津人民出版社

果麦文化 出品

目录

生活在细微处

修修修	003
荒菜园	011
赶集	015
人鼠大战	027
入冬	033

养羊记

小羊琉璃	043
五谷传奇	055
霹雳来了	068

山野风物

珙桐	088
中药材	092
花草 10 种	097
林下蘑菇们	103
夏虫交响曲	107
星空	113
我的秘密基地	118

食在山野

打野菜	126
天麻炖鸡	138
黄连花炒鸡蛋	143
野果自由	148
杀猪饭	156

我的邻居们	白果仙	162
	朱孃孃	168
	谢大哥	174
	叔和大爷	178
	过年	184

后记　　194

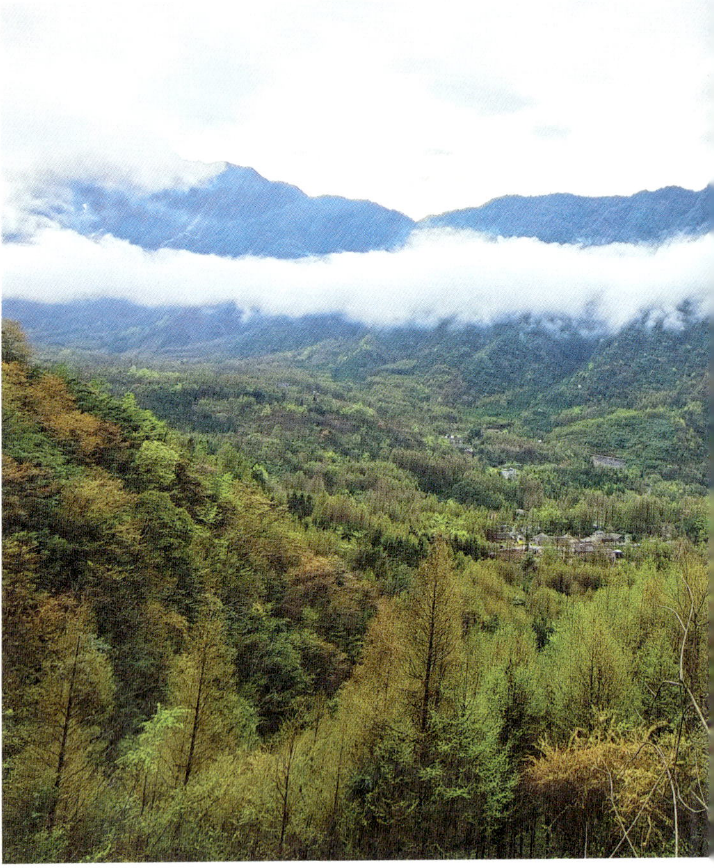

生活在细微处

修修修

刚到青草居时，我常有食物焦虑。

琉璃村位于海拔一千五百米的高山上，距离最近的勾家村十四公里，公交终点站也只设到那里。买菜、拿快递更是要跑到三十三公里开外的怀远镇上。下山一趟，得先喊辆面包车到邻村的公交站，再坐公交颠簸到镇上。由于交通不便，我三天两头担心断粮。特别是夏天，遇到暴雨滑坡，路就给封住了。邻居包大爷叮嘱我要备些食物应急，我觉得很有道理，便一口气扛回来五十斤大米，结果大半年都没吃完，倒是便宜了肉嘟嘟的米虫们。

不过，比起饿肚子的担忧，更大的挑战还在后头。

房子需要人气。久未有人居住的房子，就像一台没上油的机器，总有这样那样的问题，角角落落都等着我修葺一番。

首先要请走的当然是霸占青草居多年的尘土和老鼠。开了叉的旧扫帚凑合上阵,大手一挥便尘土飞扬,颇有电影《龙猫》里煤球精灵四散逃开的意味。

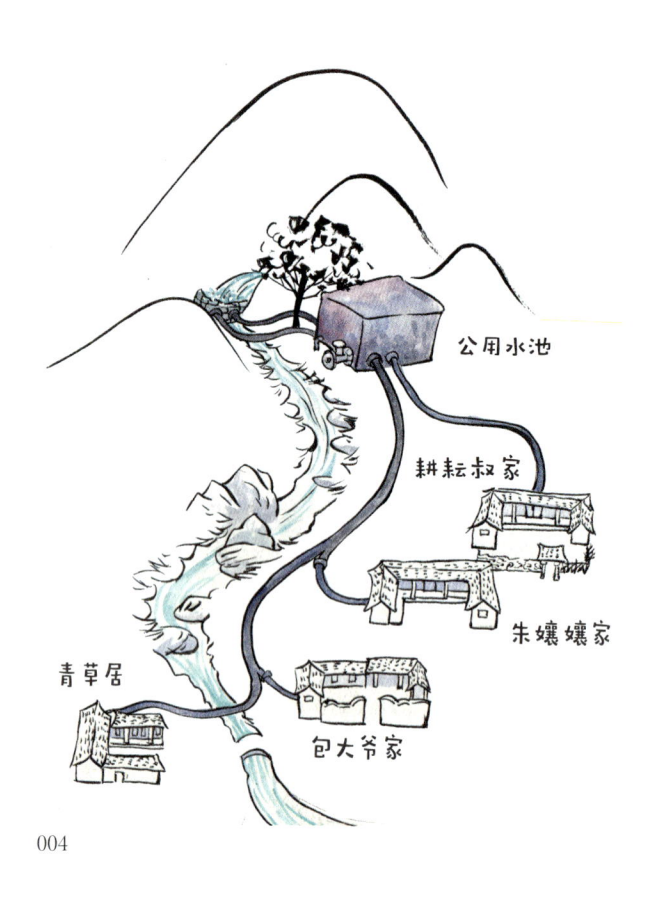

公用水池

耕耘叔家

朱孃孃家

青草居

包大爷家

打扫之后，便是修缮。换灯泡还算容易，顶多就是个子不够，凳子来凑。真正让人头大的是水。村里用的都是高山泉水，汇入蓄水池，通过同一根管道流入每家每户。有一回我的厕所水管漏了，结果水漫金山，连同村民用的那份也流光了，急得我团团转。多亏包大爷和朋友梅子帮忙，三人合力，吭哧吭哧修了一下午才勉强止住。

冬天水龙头冻爆更是家常便饭。第一回碰上时，视觉冲击太大，我情急之下拿手去捂，溅得满身是水。村里最能干的耕耘叔看不过眼，回家拿来新水龙头替我换上，并且叮嘱我，千万不能拧太紧，要让水保持流动，不然容易冻裂。可我还是忘了，一夜过后，水管整个儿冻住。自来水不自来，只能每天去坡下包大爷家提水。好在一个人也用不了多少，一天一桶足矣。山居的第一年冬天，就这样每日提水度过。

刚搬来那会儿，做饭的硬件设施也不太行。灶台上的瓷砖掉了好几块，水泥面坑坑洼洼，用着特别不趁手。于是我又试着当了一回泥瓦匠。

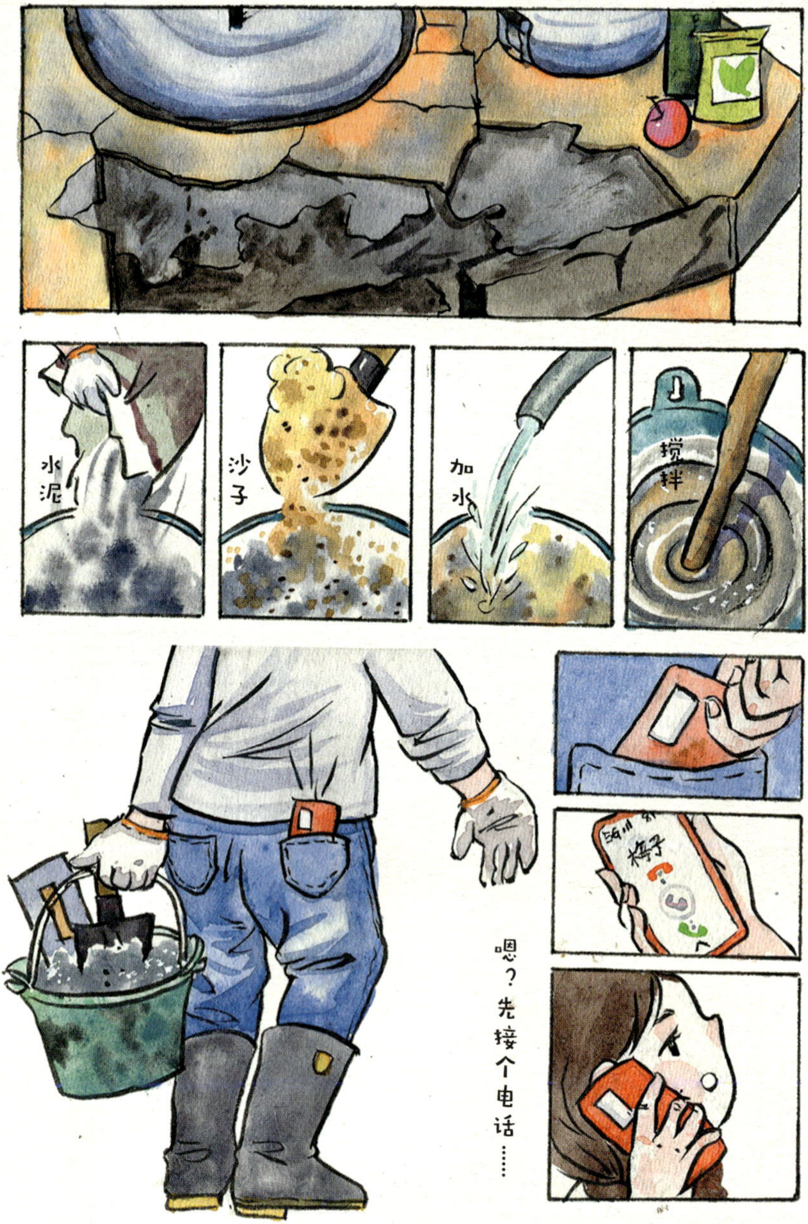
水泥
沙子
加水
搅拌
梅子
嗯？先接个电话……

10/29 17:00

10/30 16:00

糟糕!拌好的水泥忘记抹了,白干!

硬邦邦

重新和水泥

木板嵌入灶台

木棍支撑,然后涂抹水泥

完成！

就这样，在手忙脚乱的修理中，我总算安顿下来。刚上山那年，被问最多的问题是：一个人在山上住，不害怕吗？

刚住下那几天还是有点怕的，怕食物短缺，怕夜晚猛兽突袭，怕给别人添麻烦……不过很快也就习惯了。或者说是转移了注意力，一头扎进具体的生活里，解决具体的问题。满足生活的基本需求后，又开始想着怎么让房子看起来更温馨。比如布置一张专门放花的桌子，捡些山上的花草果壳，添置几个日常物件——竹编的热水瓶、背篓、好看的盘子等。不管在哪里，这些好看又无用的小东西，正是我在这里生活的痕迹。它们让陌生的环境变得亲切可爱起来。

群山环绕的琉璃村，每一座山峰都值得细细探索。赏花开，听虫鸣，留给害怕的时间确实不多。

荒菜园

住在山里，自然是要种点菜的。不过，很难说我种的是菜还是草。常常是播种了却忘记施肥，也没除草，好不容易发芽的菜苗刚从地里探出脑袋，就被淹没在杂草中。草长得比菜还肆意潇洒，为此菜地得名"荒菜园"。

虽说叫荒菜园，头一年倒也有所出：超迷你的萝卜和土豆、包不起来的包菜、结不出果实的番茄苗，还有屈指可数的几个玉米。玉米总是还没来得及摘，就被松鼠啃了个精光。不知是不是取名太过激进，菜地越来越荒，最后完全被杂草占领，看不出一点原先菜地的样子。

我反思了一下，觉得一定是缺个好看的篱笆，少了点种菜的仪式感。山居第三年，荒菜园终于围上了一圈篱笆，是我喜欢的歪七扭八的样子。

　　自从有了篱笆，我隔两天就去菜园晃悠一圈。施肥、搭架子、给辣椒和西红柿去枝……我想菜园是喜欢被人光顾的，在我频繁的拜访下，豆子爬上了架子，南瓜爬上了篱笆，茄子、辣椒开出了花，西红柿挂出了果，藿香和紫苏也长得健壮。这回我一定要记得，比松鼠早一步掰下玉米！

　　去菜园的另一大乐趣是除草。由于土壤松软，大部分草都能轻松拔起。唯独有一种草倔得很，根扎得

老深，徒手只能薅断几片叶子，不出两日又是茂密的一片。对付这种草，必须给它来两锄头，整株翻起，甩它几下，然后瞄准菜地外的一棵树，狠狠丢出去。一番操作下来，再多的烦恼也一起飞走了。

拔草时会带出来蚯蚓。它们总是气鼓鼓地前后扭转着身体："谁啊，这么讨厌！在土里待得好好的，非要把我翻出来。"很快又扭动着钻回土里。遇到慌张的步甲，手一碰它就装死，一动也不动。还有带着卵囊的蜘蛛、四处乱闯的大蚂蚁。这种蚂蚁咬人超级疼，浑身写满了"不好惹"，怪不得成为昆虫界争相拟态的对象。一块充满活力的土壤，少不了这些地下邻居的功劳。

有时我会花上一整天去除草，劳动后那种酣畅淋漓的感觉令人着迷。精神困顿的时候，去干些实实在在的活儿，出点汗，颇有奇效。

山居前两年，我常把种下的菜给忘了，一个月也不去看一回。要不是朋友梅子提醒，我都不知道，地里的萝卜长得出奇地好。我啊，常常只欣喜于播种，却忘记收获。回望这么多年的生活,画画、支教、当志愿者,也是这样到处播了很多种子,凭着自己的喜好做了许许多多事情。一晃十多年过去,好像什么也没干成,原来是忘记收获了啊!往后的日子不仅要用心播种、伏地耕耘,更要懂得及时收获。

拔草带出地下的邻居们

赶集

下山赶集是要看日子的。我尤其喜欢在春天赶集。

集市在三十三公里外怀远古镇的老街上。街上的建筑大都是木结构，有装饰精美的门洞和木雕，还保留着明清时候的样子。每逢一、三、五、七这样的单数日子，便是古镇的赶集日。需要赶集的日子，我一大早就背上超大背包，坐面包车从琉璃村来到勾家村的公交站。

坐公交的大都是相熟的中老年人，一上车就聊开了，俨然是一间移动茶馆。

硬

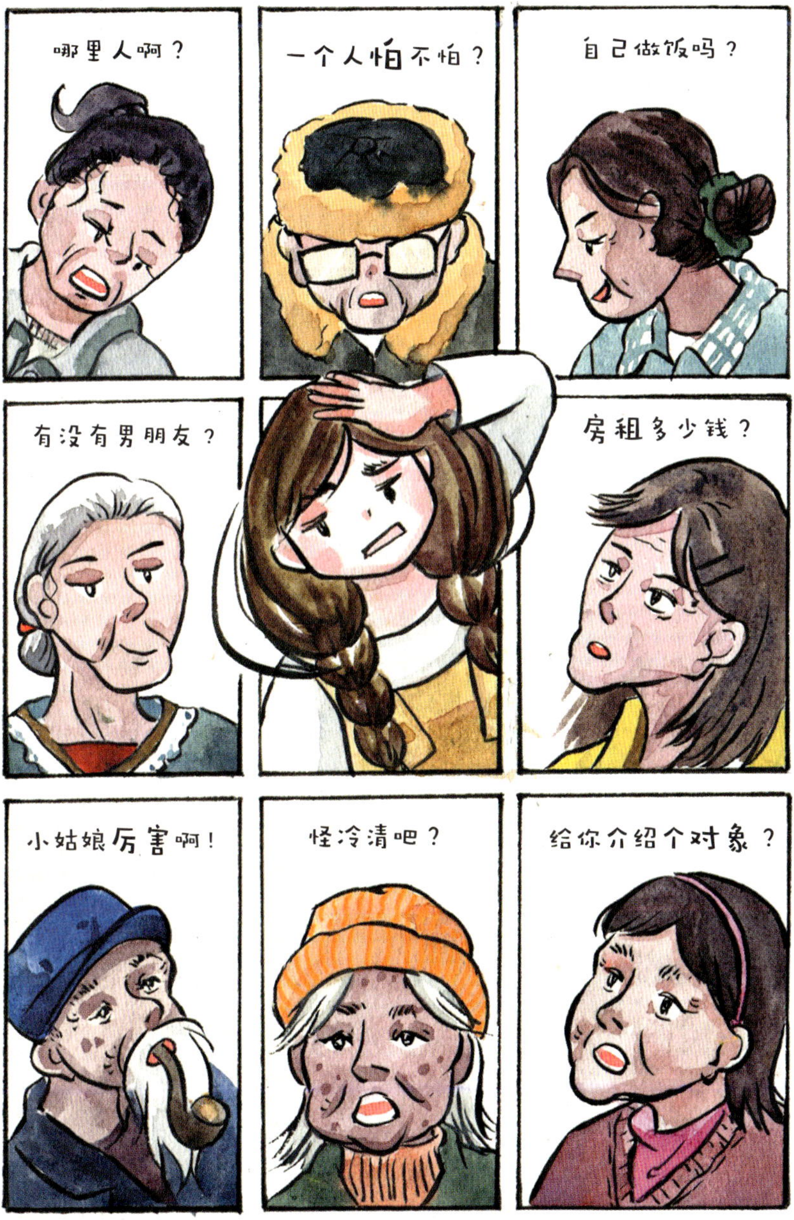
哪里人啊？
一个人怕不怕？
自己做饭吗？
有没有男朋友？
房租多少钱？
小姑娘厉害啊！
怪冷清吧？
给你介绍个对象？

欢声笑语间,终点站怀远古镇就到了。赶集的街道又窄又长,四通八达,没有固定摊位的商贩们沿着墙角排开,售卖的多是些自家种的新鲜蔬菜。

怀远
东横老街

每次逛集市，我总是偏爱年纪大些的老人家。比如那位卖玉米粒的老奶奶，一头银发总是梳成利落的麻花辫，辫子编得格外整齐，不见一丝碎发。尽管微弯着背，黄褐色的脸颊布满皱纹和斑点，行动也有些迟缓，但丝毫不影响她得体的气质。老人家总在一棵树下摆摊，棉布袋子装着不同品种的玉米粒，每个布袋里都插上了手写的玉米"名片"：雅玉、德玉、玉老大。每年春天我都特意寻到树下问她买玉米粒，可她并不记得我。

还有一位卖手工糖的大爷，没有固定摊位，总是一手推着自行车，一手摇着铃铛走街串巷。自行车后座上架着两个竹编的篓子，装有手工糖的簸箕就放在上头。糖块是长条形状，像牛轧糖，但比牛轧糖要软，上面铺一层芝麻，大爷叫它"棉芯糖"。

每当铃铛响起，就会勾起小时候在老家的记忆。夏天，卖麦芽糖的商贩也是这么骑着自行车吆喝："买麦芽糖喽，买麦芽糖喽，有没有要买麦芽糖的！"我妈会带着我和哥哥，手里捧个大碗，在马路边上等他

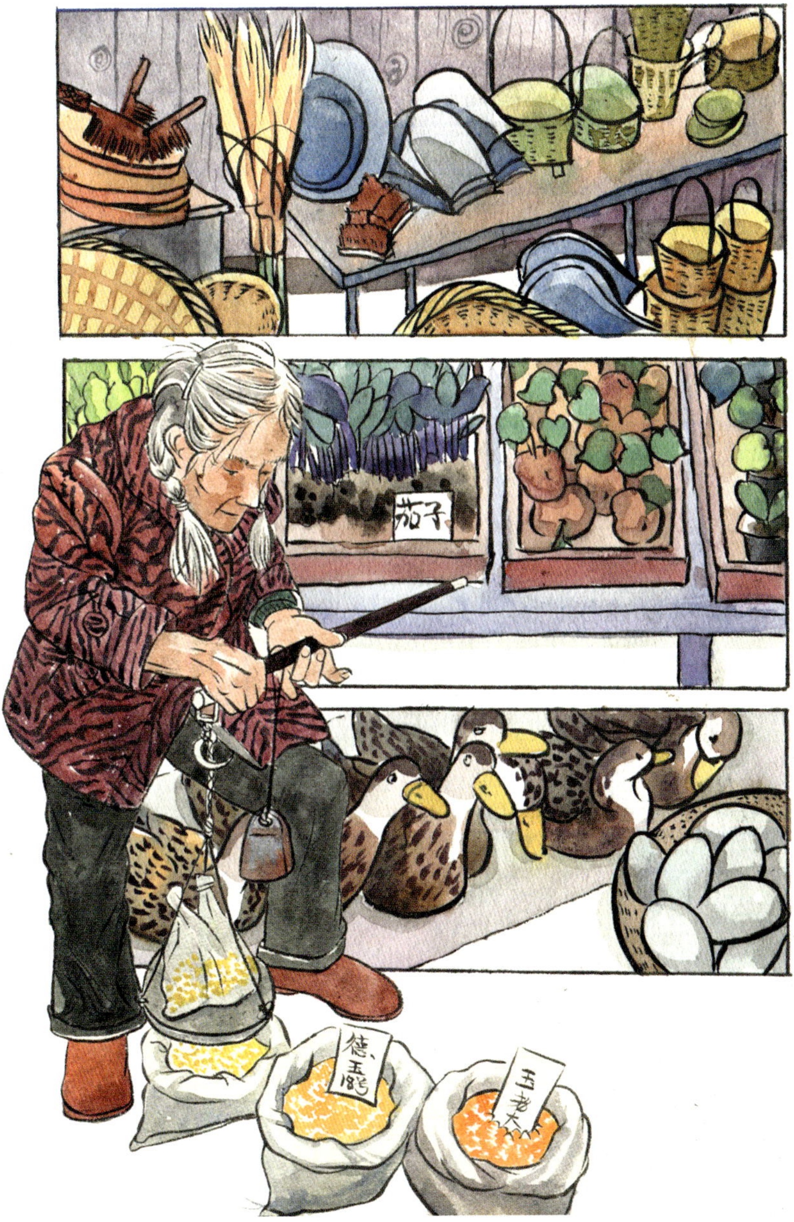
茄子
王老太

扫帚

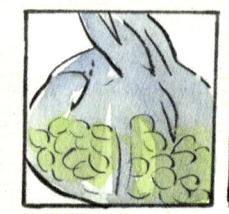

皮蛋

棉心糖

过来。回家后我和哥哥总会拿一根筷子往大碗里插,然后旋转着将麦芽糖拉起,常常因为谁转起来的麦芽糖多而吵得不可开交。为这,小时候没少挨我哥的揍。

不用说,我又为棉芯糖买了单。我这个人吧,买东西还是有些不着边,很多时候实用和好吃并不是第一要义,反而会因为一些情感触动而消费。

还是说说我的正经采购计划吧——蔬菜苗!春天的集市随处可见蔬菜苗,有的装在木筐里,有的干脆用大簸箕挑来。梅子说我的菜地里有株藿香就好了,不仅可以做菜,还能引来许多蝴蝶。去年倒是种了一棵,可惜被大雪冻死了。这回我看中一株大的,强壮的根系多少代表了一点过冬的能力。问过价格,不假思索地给了钱,起身准备走时,一抬头和老板意味深长的笑容撞了满怀。

这株藿香确实在一众菜苗中大得惹眼,大半截身子露在袋子外边招摇过市。没走几步,一位大爷凑过来问:"你这藿香多少钱?"刚回答完,又一位大姐探过头来:"这藿香多少钱买的?"不到半个小时,

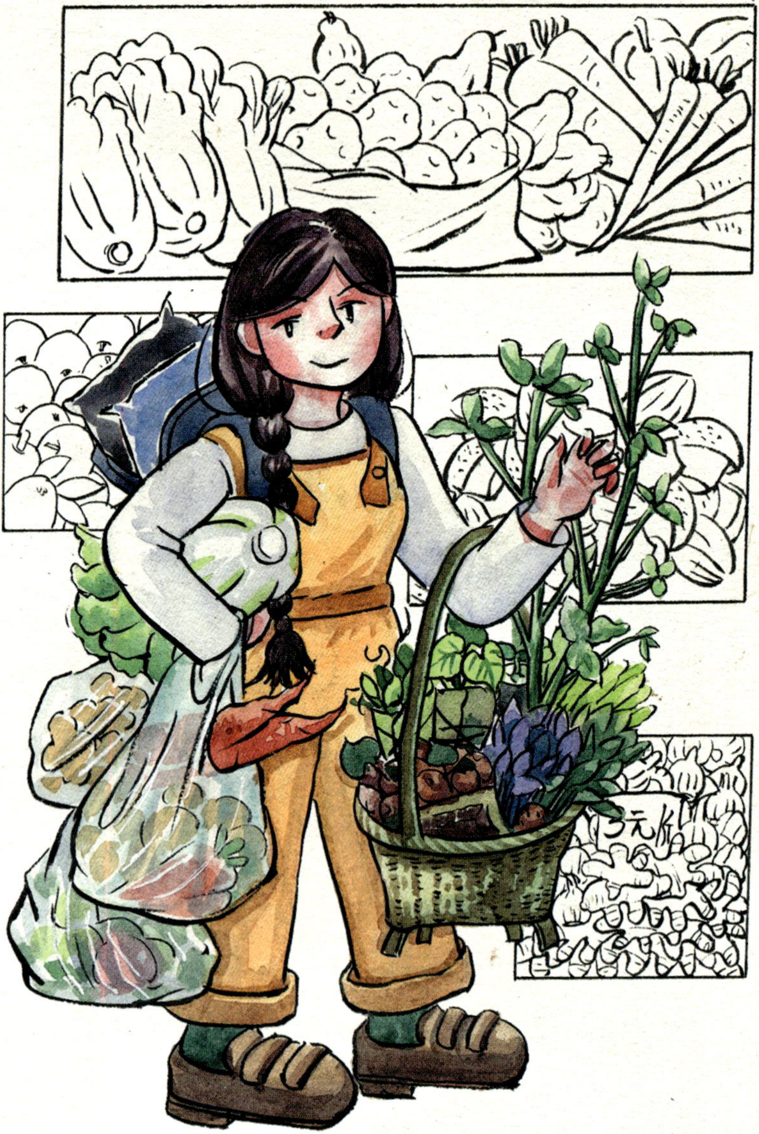
元斤

手上这株藿香就被人问了七八回。我正纳闷，怎么大家对这株藿香的价钱这么感兴趣，又一位嬢嬢靠过来打听。"五块钱一株，"我瞟了眼手中的藿香，忍不住多问一句，"是不是买贵了？""唉……也不贵，不贵，那么大一株呢。"可是嬢嬢脸上勉强的表情说明了一切。在集市上，讨价还价这条不成文的规定，和明清的街道一样被保留了下来。哪怕是从未谋面的陌生人，村民们也生怕你吃亏，走过路过都狠狠暗示：买贵啦！

采购完毕，日头已经把地面晒得有些发烫，集市一下空旷了许多。快要走出古镇时，一位嬢嬢在前头推着三轮车打趣自己："菜都蔫咯，还没卖出去。"我快步上前一看，两把冬寒菜，一把小白菜，皱皱巴巴地躺在车里。嬢嬢见我上前，连忙打广告："今早地里现摘的，绝对新鲜。""车里的菜我都要了！"我顿觉豪气冲天。嬢嬢连忙扯了个大袋子装菜，生怕我后悔似的塞到我手里："我这菜都是自己种的，绝对好吃！"说完带着爽朗的笑声推车走了，连背影都透着喜悦。孃孃开开心心回家,我也有菜吃了,真是一举两得。

很喜欢赶这春天的集市。商贩们兜售着自家的种子和蔬菜,来往的村民采购着自己所需的物品,狭长的街道里,讨价还价的声响此起彼伏。生活的烟火气就藏在古街的每一块石板缝里,细碎,绵长。

人鼠大战

我和老鼠的战斗在一次次拉扯中愈演愈烈。

刚上山那会儿,我在堂屋里画画,老鼠总是顺着墙边溜来溜去。我也不管。夜晚太安静了,有些活物在动,感觉还挺好。偶尔有一两只虎头虎脑的,从墙缝的洞口钻出,顺着桌角哧溜上桌,东张西望一番,突然与我四目相对,吓得立马缩回洞里。

就这样，我和老鼠保持着安全的距离。一来二往，老鼠摸透了我的脾气，胆子越来越肥，见了我也不躲，该走走该跑跑。最夸张的一次，两只老鼠干脆在我面前打起架来。大老鼠咬着小老鼠的脖子，小老鼠也不甘示弱，一个翻身把大老鼠压在身子底下，就这样打了好几个来回，最后以小老鼠一声惨叫结束了这场斗殴。我还得去给它们收拾残局。

这般宽容放纵，导致老鼠们彻底没了边界，越来越过分。它们喜欢躲在衣柜里吃东西，吃饱了干脆住下，还咬坏了我最喜欢的一件衣服。夜里动静更大，总在楼顶爬来爬去，甚至窜到床上，吓得我从梦中惊醒，大半夜还得起身拿根棍子找老鼠干架。干架最火大的不是打不过，而是你全副武装准备就绪了，却看不到敌人的影子。于是我只好拿石头把每个老鼠洞都堵上，以为这样就没事了。刚要睡着，木板墙又传来吭哧吭哧声，没错，老鼠又在啃新的洞了。我赶紧抄起棍子，四处敲打震慑。又一个不眠之夜。

人鼠大战的滑铁卢，发生在我下山半个月之后。

回来推开门，我彻底傻眼——床被老鼠占领了！它们不仅在我床上拉屎撒尿，还把被子咬得乱七八糟，棉絮四处滚落。领地被侵犯，这还怎么忍？我当天就找来几个铁笼子——村民抓老鼠或偷玉米的松鼠专用款式——在笼子一头放上几颗玉米，外加一块肉，等老鼠上钩。可老鼠们贼得很，对这些戏码早见怪不怪了。无奈，我还是使出了撒手锏粘鼠板，放在它们必经的路口。第一回粘上两只探路先锋，但仅此而已，它们很快就总结出战斗经验，学会绕开粘鼠板。

退无可退，我决定求助于大自然克制法——养一只猫。

在村民家帮忙改造墙面的时候，刚巧碰见一只小猫掉进厕所旁边的小洞里，惨兮兮地喵喵叫着出不来。小猫被救出后，一直守在边上看我们在墙上画画。村民见我喜欢，就把小猫送给了我。我摸着小猫的头说："跟着我吃不了大鱼大肉，只能喝米汤了。"就这样，小猫"米汤"入住青草居，挂帅"剿鼠将军"。

在山里养猫和城里大不相同。城里的猫关在房间里，活动范围很小，吃喝主要仰赖主人爱的多少。米汤则不同，出入自由，全凭本事。毕竟整座

山都是它的猫砂盆,整条溪流都是它的水源。刚来那会儿,我吃啥,它也吃啥。但我饮食不规律,有一顿没一顿的。猫可不行,到点了就在身边蹭,蹭得人受不了,最终改用猫粮,每天早晚各投喂一次。有时米汤还不吃,多半是打猎成果太过丰盛——抓老鼠、抓小鸟、抓溪里的冷水鱼,手到擒来。

我和米汤的相处,仔细想来,是刚刚好的亲密关系。每天各忙各的,我在家画画,它满世界乱转,偶尔一起出门放个羊。到了饭点或是暮色将至,米汤总会喵喵叫着回到温暖的小窝,在我脚边绕两圈寻求抚摸。我们彼此自由、互不干涉,又相互取暖。

　　米汤来了以后,老鼠好像就突然消失了。我再也没有为老鼠烦恼过。

入冬

当我手接一片落叶时,便知道季节的齿轮又悄悄转动起来。

林下的草木总是最快退出,早早藏于地下。天越冷,白山茶花开得越是洁白。入冬前还会迎来一次大霜,薄薄一层带颗粒的白,覆在草木上。太阳一照,霜又化作水浸入泥土,用冰凉的温度告知地下的居民:冬天就要来了。随着一场初雪,便真的入冬了。

入冬后,常见到一些砍竹人出没。山上有不少竹子,用处各不相同。野生的拐棍竹、箭竹、刺刺竹是野生大熊猫的食物,牛尾竹和甜竹则是村民种来吃笋的。砍竹人要砍的,是人工种植的白夹竹。这种竹子产量大、韧性强,是建筑、造纸、编织的重要原料。砍竹人每天潜入竹林深处,带上干粮和水,从天亮一直砍到下午两三点,再将砍下的竹子打包成捆,拖行下山,放在路边等大货车来运走。

一开始我还纳闷儿,天寒地冻,穿得厚实也不方便干活,为什么非得这时候砍竹子?问了才知道,冬天竹子水分少,砍下的竹子不生虫,才能放得久。这是一般农家年末的最后一笔收入。

到了深冬，白雪覆盖了整个村子，村民们彻底放下地里的活儿，在家待着。可就是在家也并不闲着，一有空就劈柴锯木头，直到房前屋后都堆满木头，这才安心。

生火是冬天必备的生存技能。一开始我不得要领，搞半天都没法把铁盆里的火生起来。后来我发现，干燥的杉木叶子最适合引火。将杉木叶放在柴火下点着，很快火就能旺起来。

不过，我还是最喜欢去村民家里烤火。他们的房子大都是三合院，有个宽阔的院子，通常把厨房安置在东边。厨房很宽敞，灶台上一大一小两口炒菜铁锅，旁边还有一个专门烧水的铝制锅。灶前有个圆形火坑，有的用石头镶边，有的箍一圈铁圈。冬天用火都在这火坑上。火上永远挂着烧水壶，咕嘟咕嘟冒着热气。火坑上头挂着猪肉和香肠，柴火冒出的烟不紧不慢，熏得它们变干变色，香气四溢。村民们烧柴比我大气多了，总是一整棵树放火坑上烧。火堆里常埋有土豆，火边放着玉米馍馍，不管饿不饿，总想吃上两口。冬

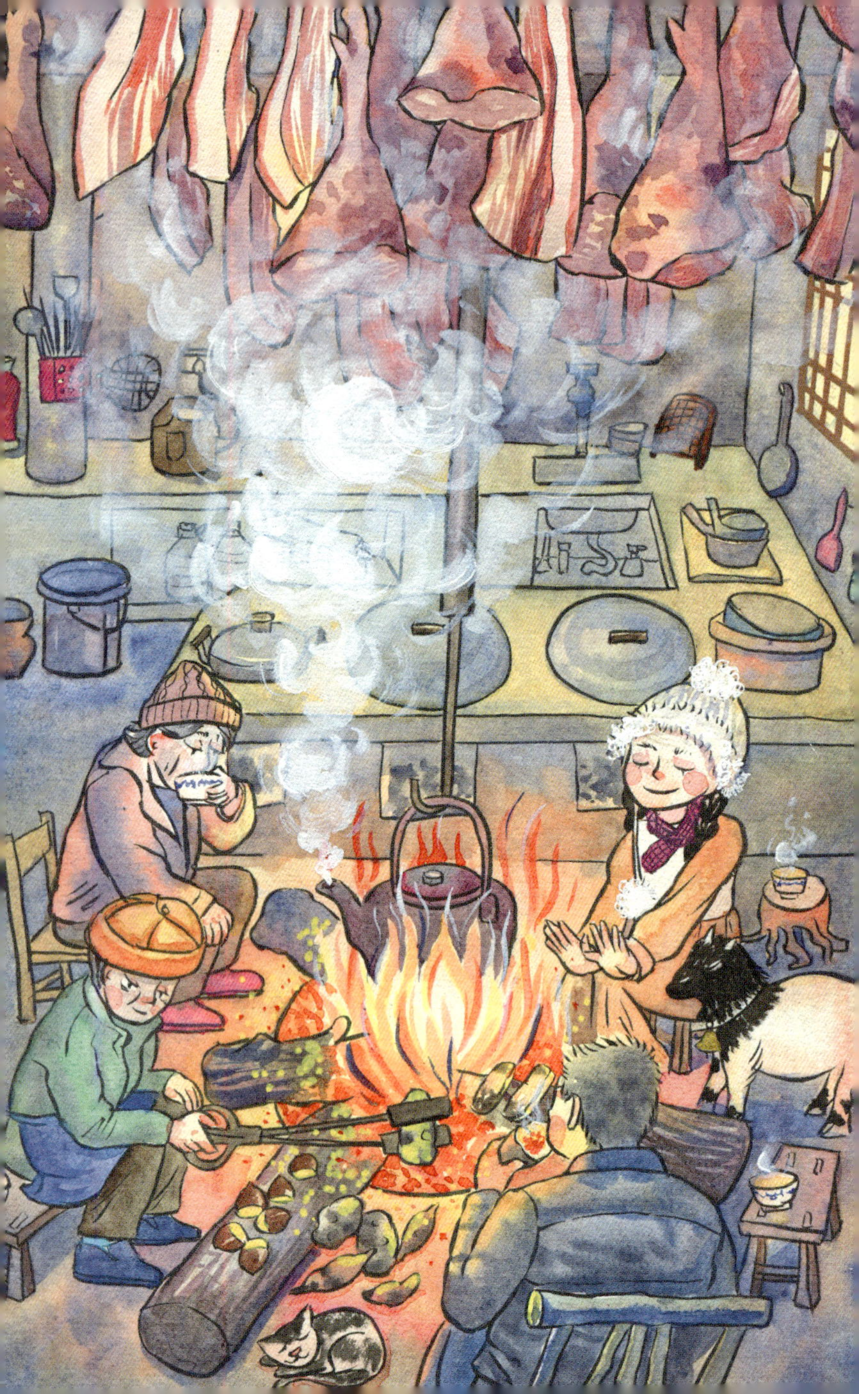

天的冷，让人聚得更紧，有说不完的家常。

冬天人就容易懒洋洋的，挨着火画画，时间久了视线迷糊，抬头张望，总有野趣映入眼帘。红嘴蓝鹊喜欢在冬日造访厨房外的水缸，灰头灰雀总在灌木丛里蹦跶。有一回，一个娇小的身影在凳子上翘着尾巴左右蹦跶。它转头看我，刚好迎上我的目光，对视几秒，便摇摆着尾巴飞走了。它叫鹪鹩。庄周《逍遥游》写道："鹪鹩巢于深林，不过一枝。"意思是鹪鹩在林中筑巢，只需要一根树枝。相比之下，我们需要的东西显得那么多，殊不知自然的智慧是"够用就好"。

鹪鹩

深冬的山谷很静很静。树枝被雪压断，落到地面上，没有一点声响。小猫米汤在壁炉边的柴堆上打盹儿。人在火炉边也变得慵懒，双手蜷缩，本能地抗拒着冰冷的画纸。于是围着火开始烤各种吃的，从玉米馍馍到板栗红薯再到烤肉，不断升级。

久坐之后,也还是想出门走走看看。正在飘落的雪花静悄悄的,仿佛每一片都知道自己该落在什么位置。我的位置又在世界的哪一处呢?雪地里早已落满一排排脚印,那是村里的猫狗留下的。在村子醒来之前,它们已经在山中巡视过好几圈了。

辨别积雪下的草木们成了我的小游戏。里白(蕨类植物)的叶片一层叠着一层向下垂挂着,叶上的积雪松软得像棉花。野绣球的伞形种子盛满了雪,四周点缀着蝴蝶翅膀般的萼片,宛如一道小巧的点心,精致得让人想咬一口。木姜子的枝条虽细,雪还是有办法落在上面,它的花苞紧闭,静候一缕春风来将它唤醒。远山层

雪中的里白

野绣球

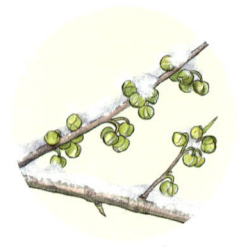

木姜子

层叠叠的森林也白茫茫一片。

  我站在高处，绕着山谷转了一圈又一圈，心情顿时开阔起来。那些惦记着未完成的事、长时间独居山间带来的复杂情绪、深夜里沉陷的自我怀疑，都随着雪花飘散，连身体都变得轻盈。闭眼深吸一口雪中的空气，清冽，带着释放的快感。此刻不为别的，只为一片雪花停留，欣赏独属于冬的景色。坦诚地感受每一次不同的自己，感受寒冷的存在。

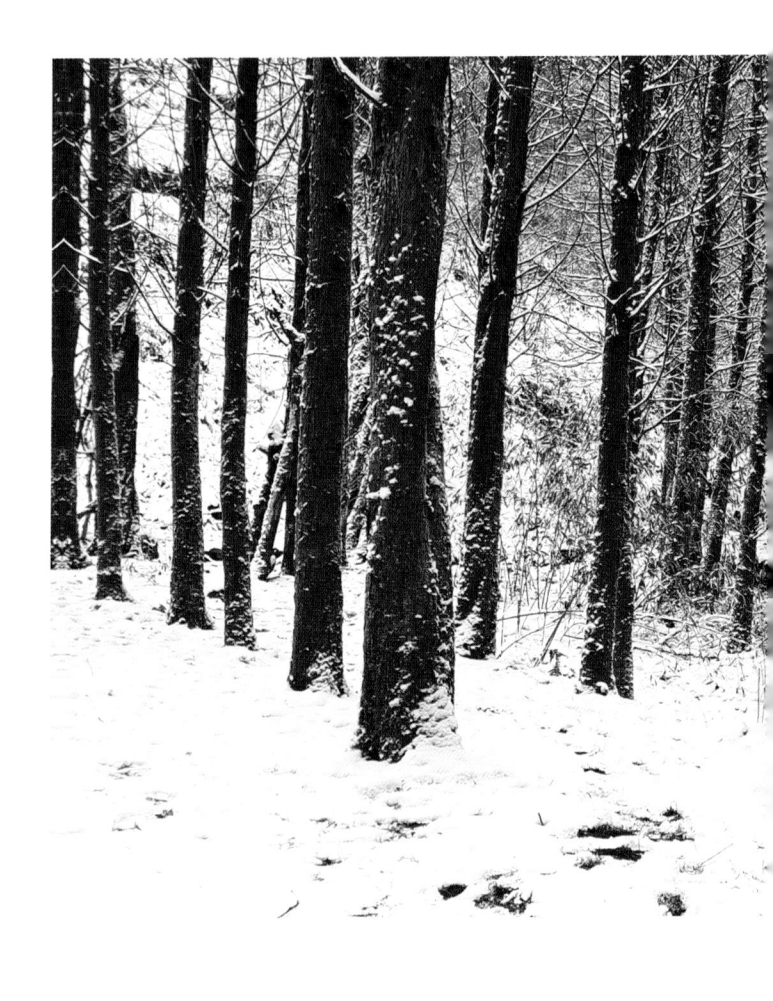

养羊记

小羊琉璃

初上山时,朋友怕我孤单,建议养条狗。可我总觉得养猫养狗太过普通,于是作罢。

一次,邻居朱孃孃领我去志勇哥家看羊。志勇哥是村里的养羊专业户,夫妻俩养着两百多只山羊,一一照料妥帖。深秋,新生没几天的小羊在圈外的食槽里来回蹦跶,时不时转头冲我咩咩叫,奶声奶气的像棉花一样柔软。我凑近一看,小羊的眼睛圆溜溜的,睫毛根根分明,瞳孔竟呈一条横线。朱孃孃见我欢喜,递给我一只。小羊摸起来奶呼呼的,温热透过掌心传来,瞬间俘获了我的心。

几天后,我便带着一段绳子来挑羊。大羊见到陌生人都往墙边躲,小羊则躲到母羊身子底下。我蹲下来,想看仔细些。羊群一慌,挨得更紧了。有只小羊被挤在墙角，只露出四条腿。志勇哥说："那只啊，是这一窝里个头最小的，老受欺负，吃不到奶水。"我盯着那几条倔强的小细腿，顿觉它和我有几分相似——个子小小，笨拙又努力地生活着。

不一会儿，那只小羊从羊群中探出脑袋，黑脸白身，四条腿还穿着"黑靴子"，咩咩叫着朝我走来。"就这只啦！"我一眼相中，"你住在琉璃村，就叫琉璃好了！"

初见琉璃

不料，刚接回来不久，我的"宠爱"就差点要了琉璃的命。初来青草居，怕琉璃不习惯，我特地把拴绳放长，让它活动范围大一些。结果出门捡树枝的时候，接到志勇哥急吼吼的电话："你的小羊掉到院边堡坎下，差点就吊死了！"要不是志勇哥刚好在林子里干活儿，听见琉璃咩咩呼救，后果不堪设想。

大难不死必有后福？并没有。因为是一拍脑袋养的羊，家里没有专门的羊圈，就让琉璃在一个闲置的小隔间住下。我生怕它饿着，每顿都是玉米大餐伺候。谁知琉璃吃多了开始胀气，还感冒流鼻涕。许大爷见了说："看这眼神，恐怕是熬不过冬天。"就连养过几百只羊的志勇哥也说："要是这回挺不过来，可真不行了。"我这才重视起来，认真研究起养羊技巧。

每天除了喂固定的玉米、饲料和蒜皮，还要去山里摘些新鲜叶子。羊圈也得干净卫生，每天至少打扫两次，换一次水。病了及时治疗，冷了及时添衣（后来才反应过来这是多此一举）……这一整套下来，琉璃的家当越攒越多。

琉璃的家当

| 吃 | 住 | 卫生 | 医药 |

1. 新鲜树叶
2. 加盐的水
3. 玉米粒
4. 蒜皮
5. 睡垫
6. 毯子
7. 扫帚
8. 铁锹
9. 羊屎桶
10. 体温计
11. 喂药竹筒
12. 感冒药

肛门测体温

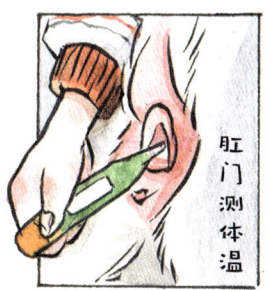

生病就得乖乖吃药。

清理便便

有机肥 +1

穿上"秋裤"

放羊去喽！

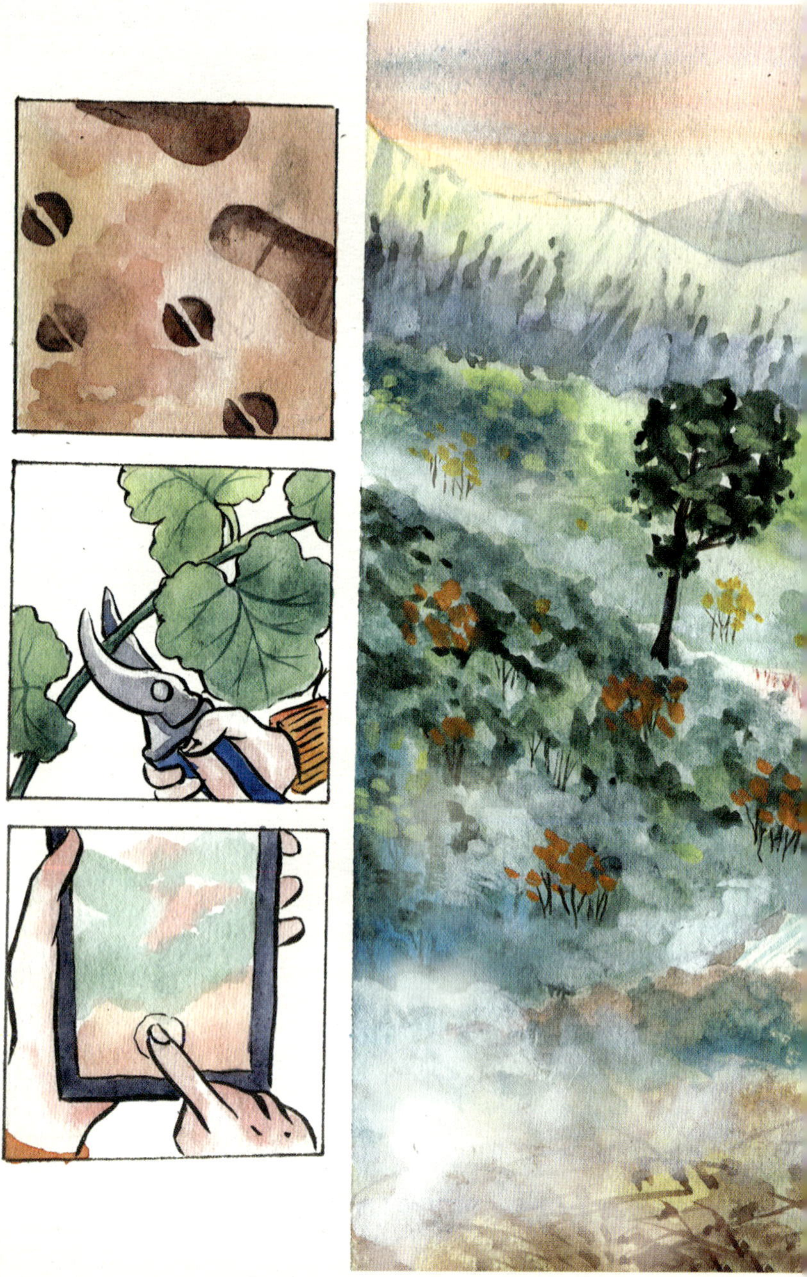

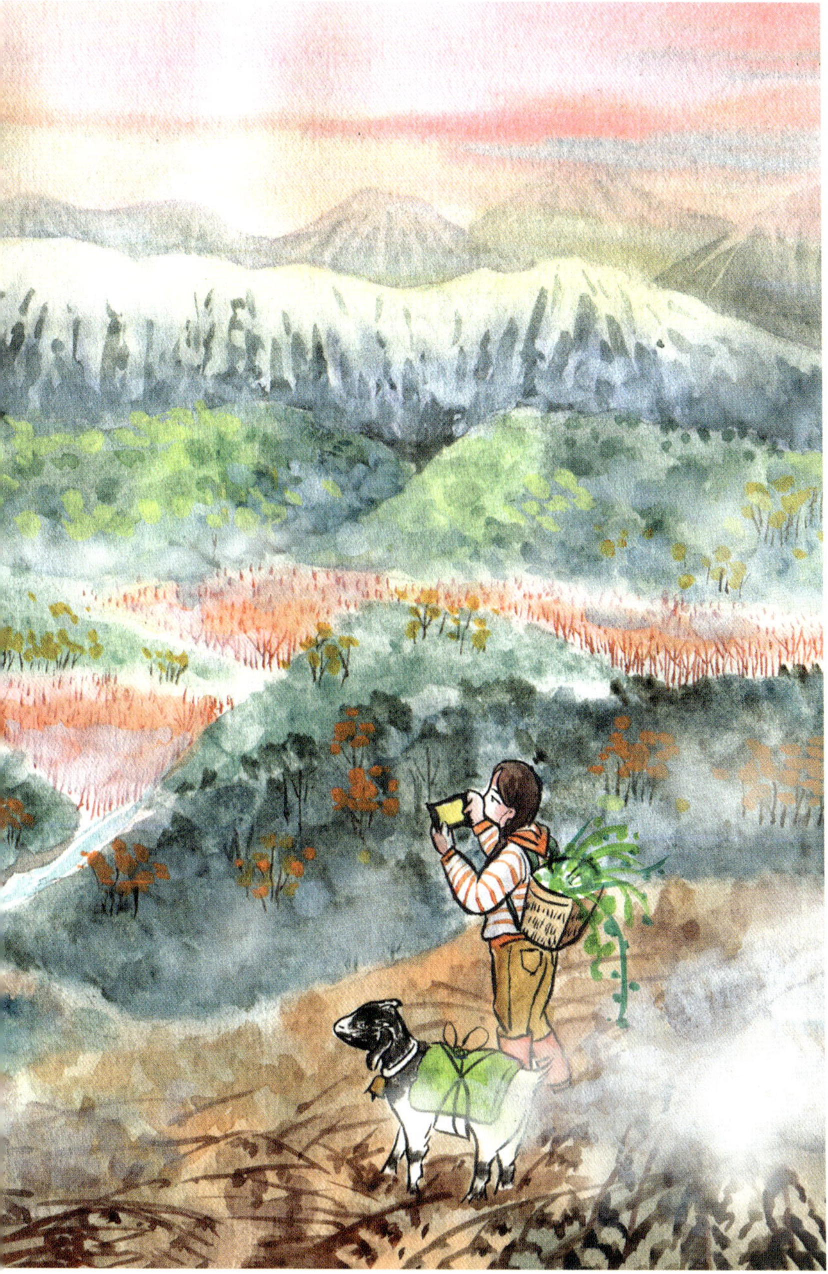

哎！还没玩够！

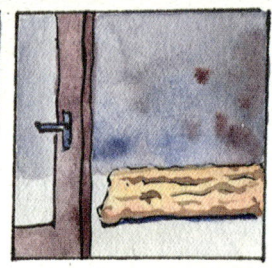

金窝银窝 不如我的羊窝

新摘的叶子放在旁边，连梦都是甜的。

两个月后，琉璃养得白白胖胖，人见人夸："你这羊养得好啊，天天在山上跑，年底来个烤全羊，味道肯定不错。"我置之一笑，心想：我这羊儿可舍不得吃。

有了琉璃，生活变得灵动起来。它随我四处穿行，爬遍每个山头，吃尽各种鲜草。除了睡觉，我们几乎形影不离。我吃饭，它也吃饭；我干活儿，琉璃就在院子里晒太阳；我出门拍花花草草，它就在旁边吃花花草草。每每探入山谷深处，四周静得可怕，鸟都不吱一声，我总会感叹：有只羊真好！

不知琉璃孤身一羊，可曾感到幸福？离开羊群，它不得不与人亲近，学习独羊的快乐……我又何尝不是如此。脱离熟悉的人和事，生活的重心成了与自己相处。看似是从大城市搬到小地方，其实是到了自然的广博里去，与山谷里的人和物，织出一张崭新的网。

五谷传奇

小羊琉璃在青草居入住一个月后，迎来了它的第一个朋友。

那是志勇哥家一只被群羊孤立和欺凌的小羊。眼见它越来越瘦，即使搬到独立羊圈也还是不吃不喝，整天缩在角落。志勇哥怀疑它得了抑郁症。实在无计可施，只好死马当活马医，牵来我这儿寄养。毕竟琉璃年纪更小，或许不会欺负它。

琉璃见到同类自然高兴，拿羊角一个劲儿地试探。新来的羊一味躲闪，大概是被欺负怕了，不让摸也不肯吃东西。玉米送到嘴边，几番诱惑下才勉强抿了几粒，咀嚼时不敢发出一点动静，跟琉璃吃玉米四处乱飞的场面不能比。晚上进羊圈更是惨叫连连，生怕我对它下什么毒手。半夜却静得出奇，我起身查看，发现两只羊已经依偎在一起,睡着了,头抵着头,甚是可爱。

还缺一个名字。有了名字,就有了联系。一月、铁头、大妞……一连串接地气的名字在脑海浮现,可它实在太瘦,只盼能多吃点,好好活下去,那就叫"五谷"吧。多吃五谷杂粮,身强体又壮。

五谷的胃口逐渐好转,可是吃下去的尽数在半夜吐出来,叫声很是凄惨。就这样折腾了三天,五谷的后腿竟然瘫痪了!每日只能蹲坐,体力不支时直接瘫倒在地。没法站着上厕所,常常半个屁股都是湿的,眼神也暗淡了许多。

瘫痪,感冒,膝关节因长期跪坐而肿起来。志勇哥每天来给它打针吃药,也不见效果。只能尽人事,听天命吧。打针吃药,如厕护理,后肢锻炼,成了我和五谷的日常。

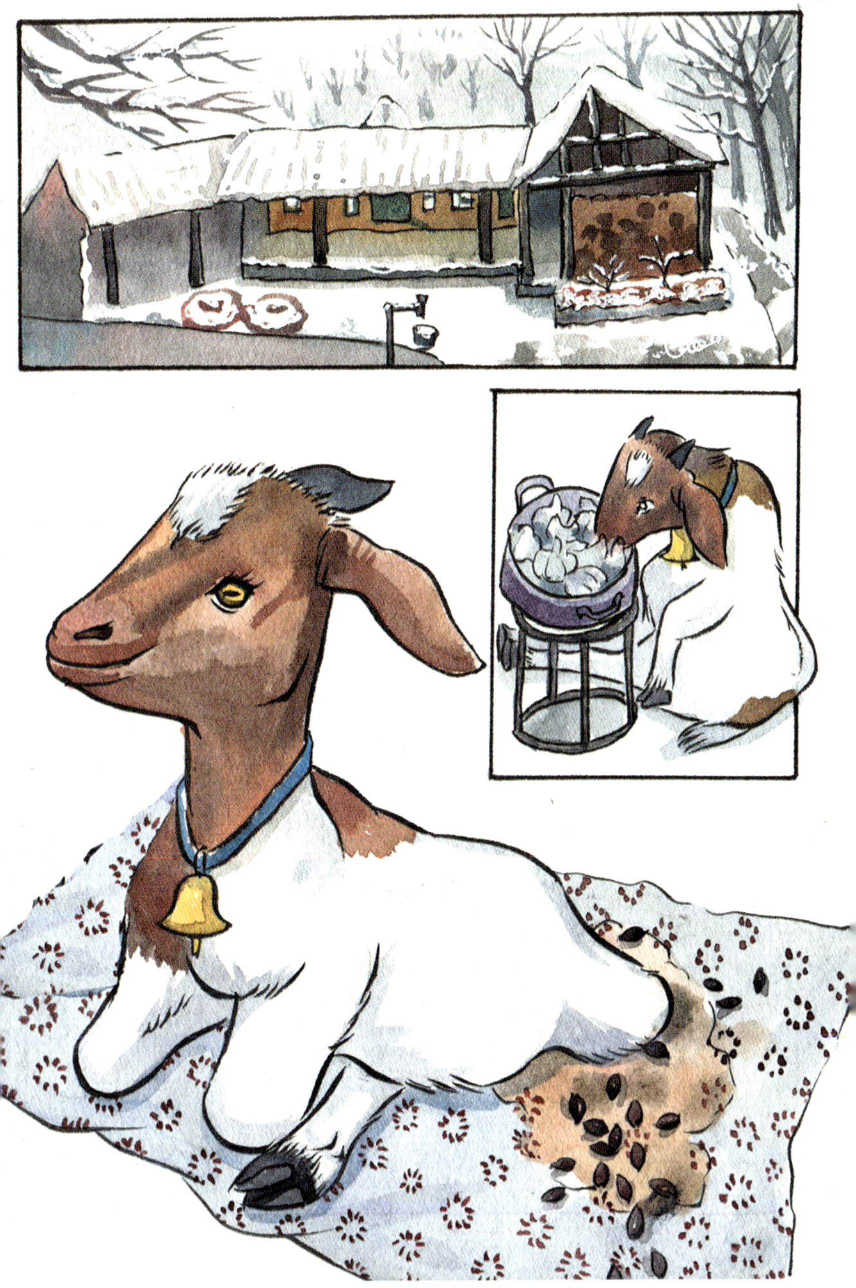

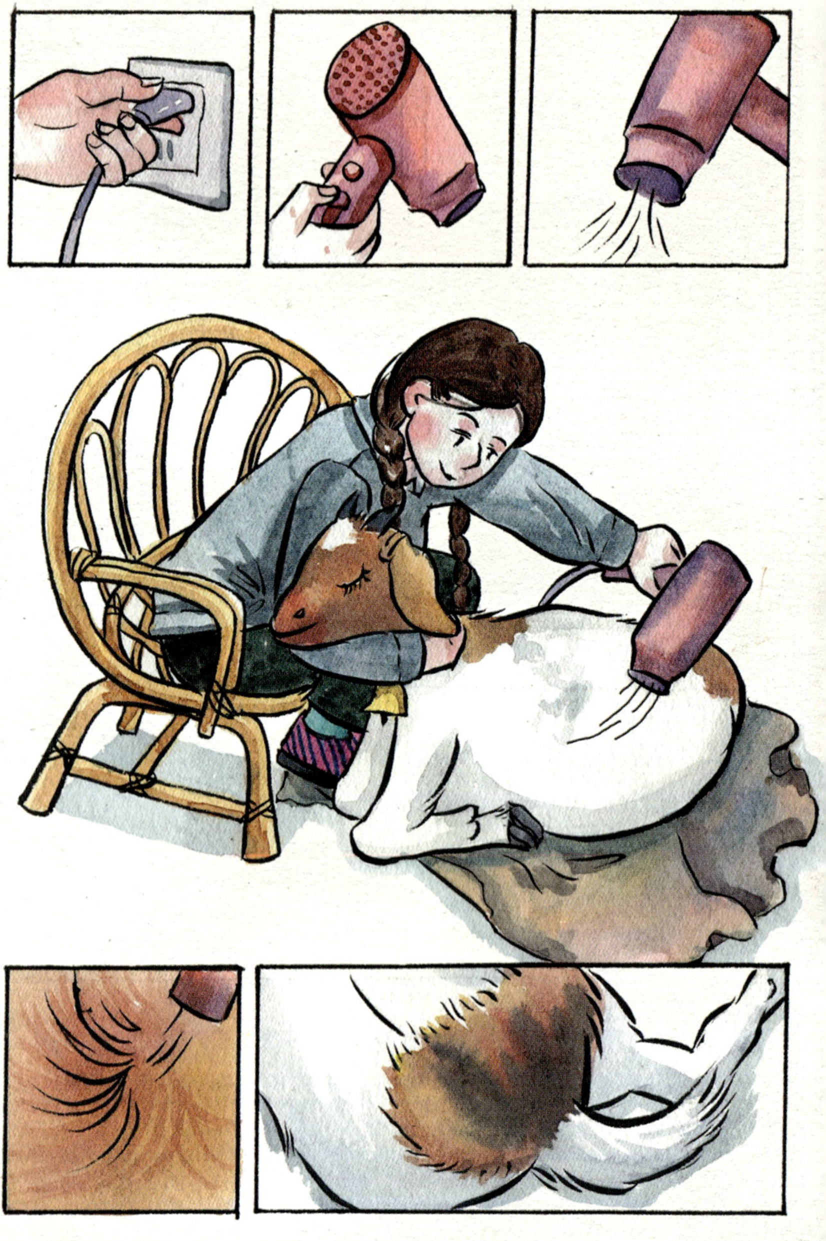

咩咩咩

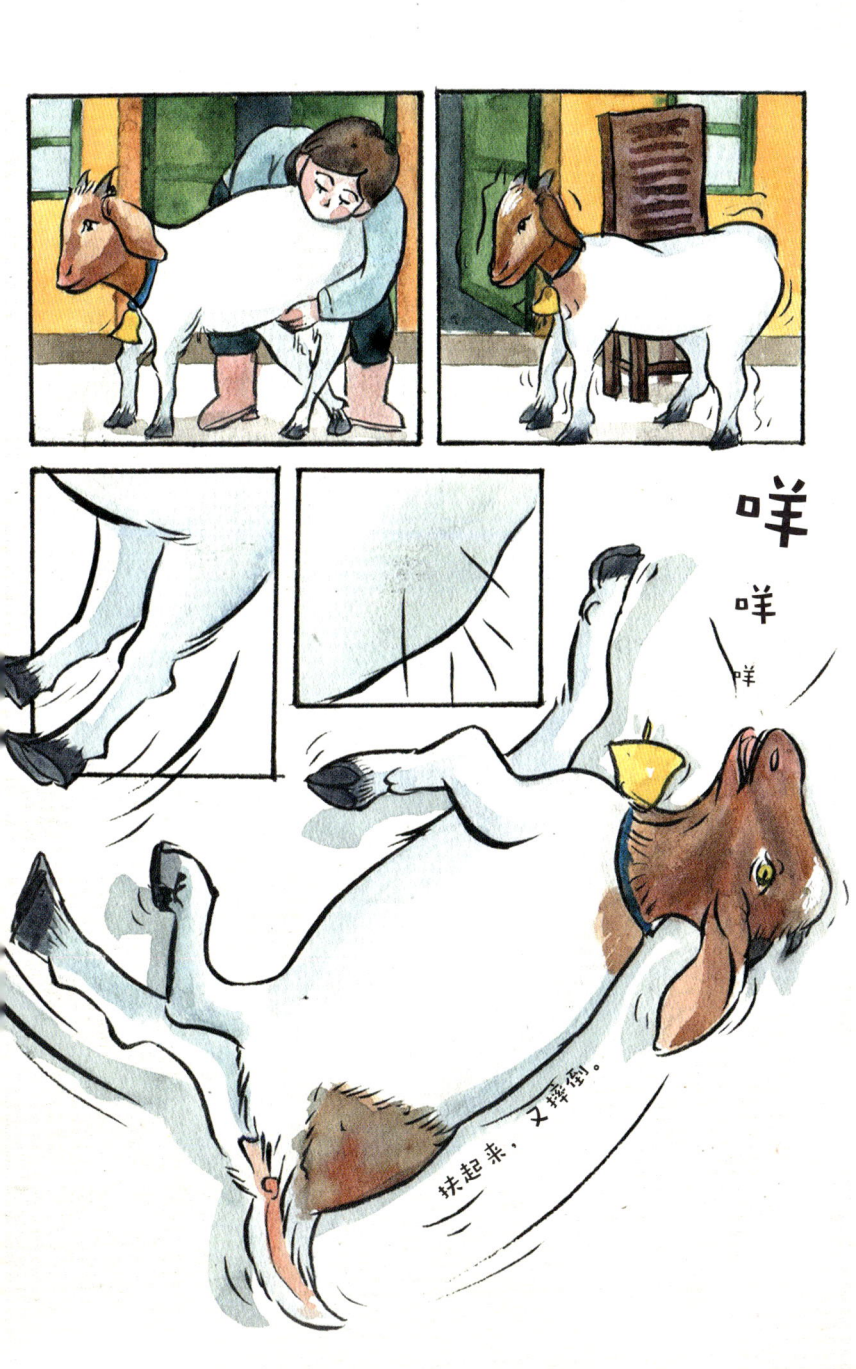

扶起来，又摔倒。

经过不断尝试，五谷可以靠着椅子站起来了！

天气渐暖,
一起出去放放风。

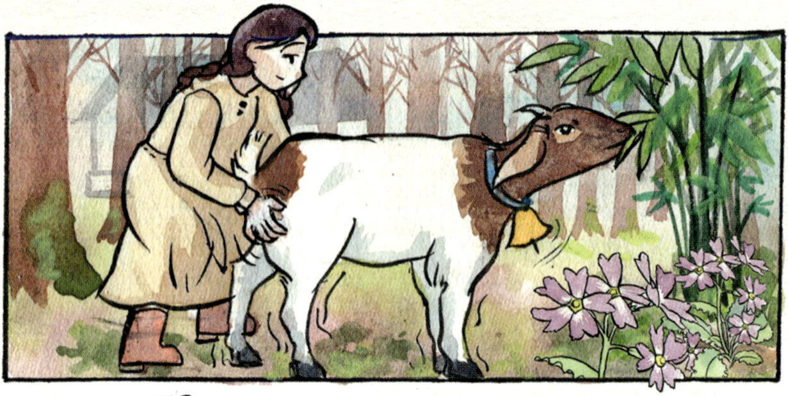
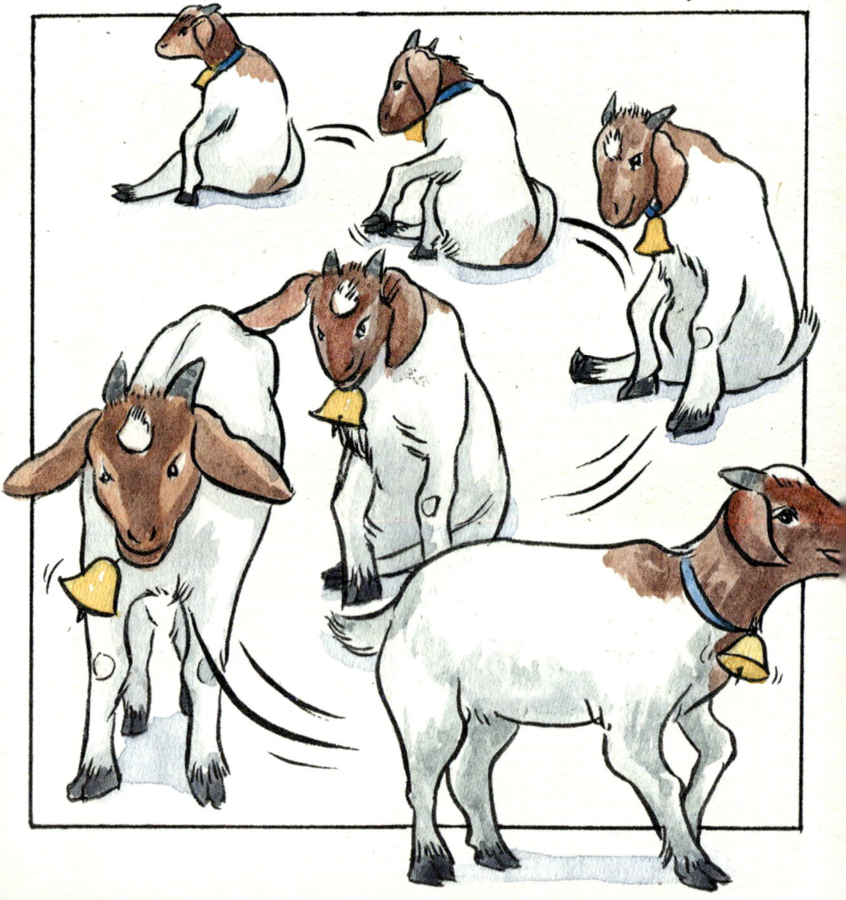

渐渐地，五谷可以后腿靠在树上，站着吃些新鲜的草叶了。只是吃得起劲动作过大时，屁股还是会失去重心，摔倒在地。有一回这么一摔，我本想过去扶起来，又想看看它能不能靠自己站起来，便拿了一把叶子站在不远处，"五谷，五谷"地唤着。它先是转过身子，前腿使劲用力，让后腿勉强支撑起后半部身体，摇晃着往前疾走几步，又重重摔倒在地。但五谷并没有放弃的意思，起身再来。就这样试了无数次、摔了无数次之后，总算能不借外力自己站起来了。虽然后腿还没恢复利索，但疾走一小段路不成问题。

两个月过去，草木苏醒，五谷的身体一日好过一日，性格也变了样——不再怕人，反而有些黏人，我走到哪儿它就跟到哪儿。洗过驱虫澡之后，我常带着两只小羊出门散步。看着五谷和琉璃在林间小路上奔跑，时不时还跳起来顶个角耍耍，我这心头不由得涌起一阵老母亲的欣慰。

驱虫药

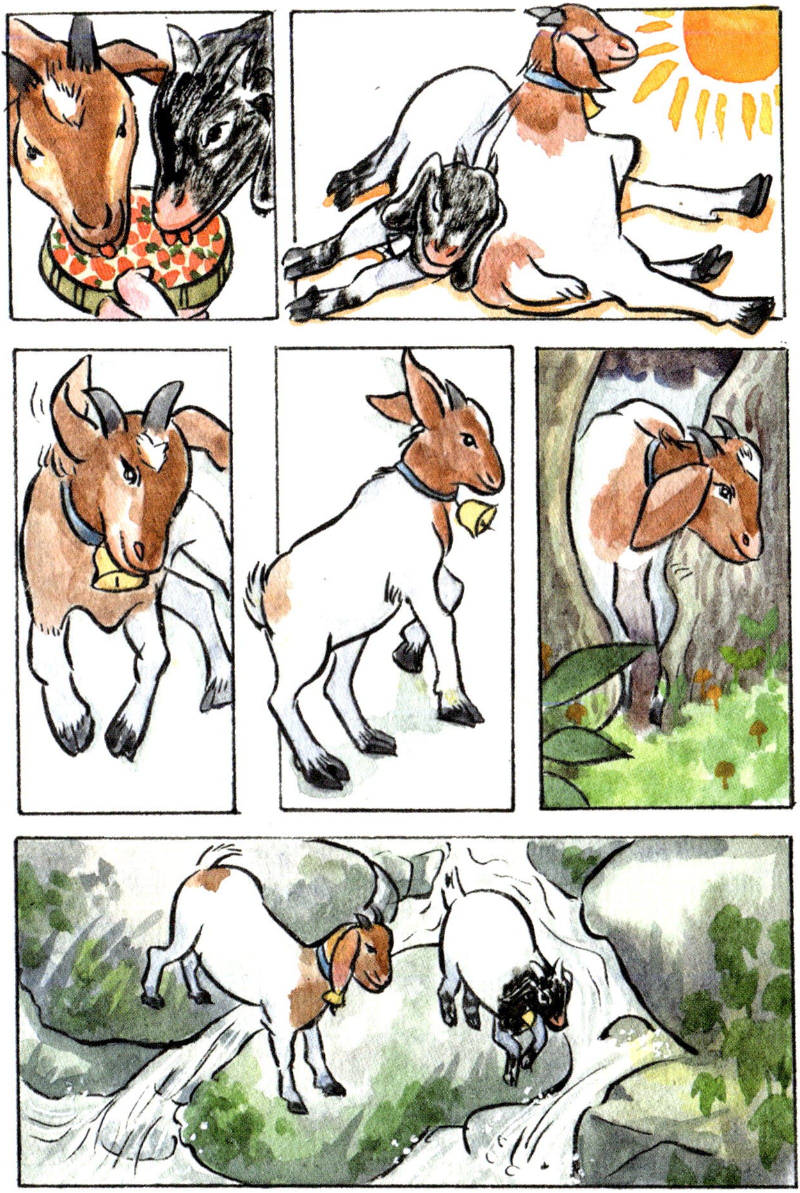

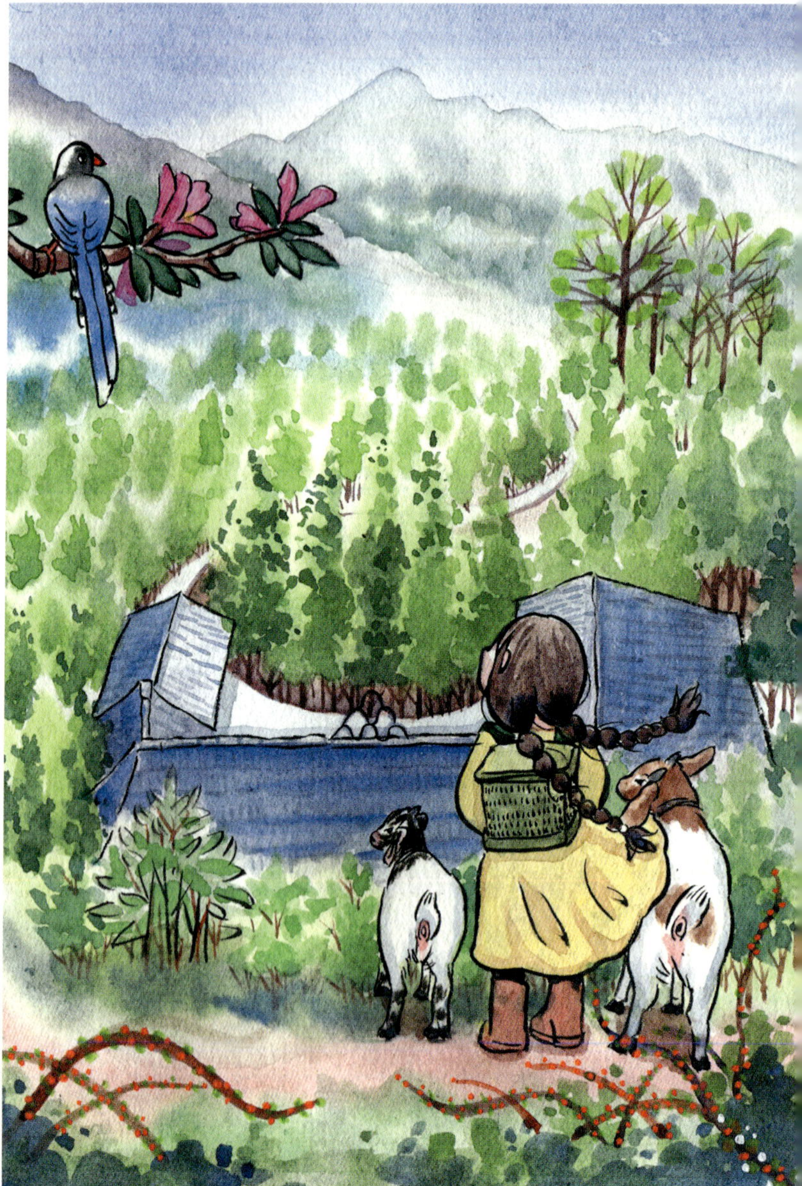

允许生活的种种磨难发生,然后坦然面对,拼尽全力去解决。我从来不知道,可以在一只羊身上学到这些。

完全康复的五谷,比原先胖了不少。尽管不舍,终究还是要送还给志勇哥。等待它的命运会是怎样?我不敢多想,也无力干预。每个人都有不同的人生,我想羊也是。谢谢你来到青草居,陪伴我们一整个冬天和春天。

霹雳来了

琉璃最近有些奇怪。早上一到七点就冲着远处咩咩叫唤,尾巴甩个不停,吃饭也不香了。掐指一算,琉璃已经一岁多,是时候找个男朋友了。

我在志勇哥的羊圈里替琉璃物色了两位相亲对象。一个是经验丰富、高大威猛的种公羊,白须修长,强壮的羊角向后弯曲,叫声浑厚有力。另一个是刚成年的帅小伙,活泼好动,浑身黑亮。琉璃分别与这两只公羊待了一段时间。种公羊业务熟练,一见琉璃就摇着尾巴扑上去,小黑羊则更显谨慎,凑上前闻闻琉璃的尾巴,再三确定才敢行动。

也不知道哪只公羊成功了,五个月后才能见分晓。

怀孕后的琉璃性情大变,跟换了只羊似的。以前干饭急得像投胎,整天歪着脑袋疯跑,过独木桥、跳水沟更是不在话下。还喜欢打架,哪家的狗言语不和,琉璃就亮出羊角,堪称村中一霸。现在呢,沉稳安静,甚至还有些胆小。树枝铺成的小桥,但凡中间有点缝隙,它都犹豫再三不敢过。肚子越来越大,爬坡走路都慢吞吞的,呼吸急促,还很大声,常常卧着不爱动。

就这样,五个月很快过去,预产期到了。

婴儿床先做起来

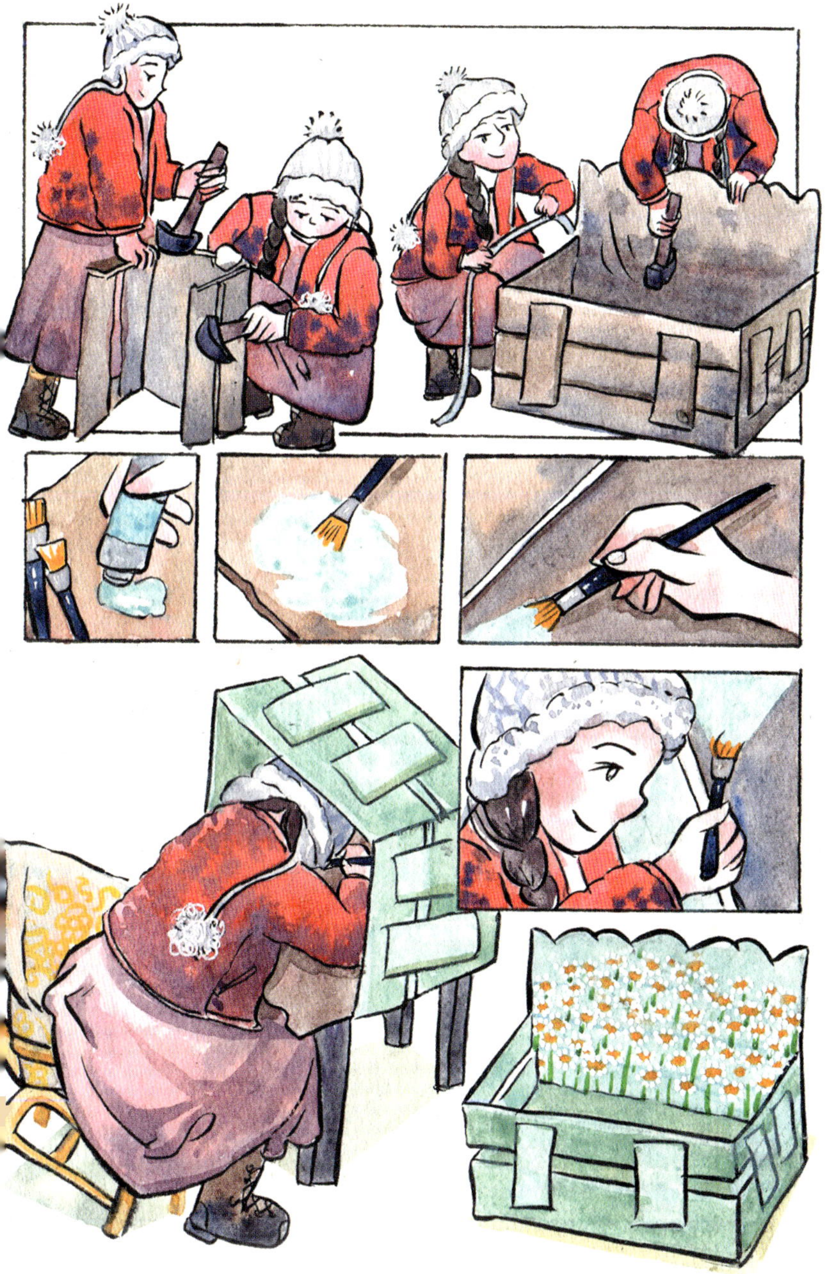

惊蛰第二天一大早，就被一阵电闪雷鸣惊醒。

上午九点半，琉璃的羊水破了。一直等了十多分钟，都没见小羊出来。

9:29
9:30
9:43 3月6日 星期日
9:45 3月6日 星期日

志勇哥 10:00

志勇哥，琉璃难产了。

人工助产吧！

很快，小羊包裹着胎衣出来了。

却始终没有动静……

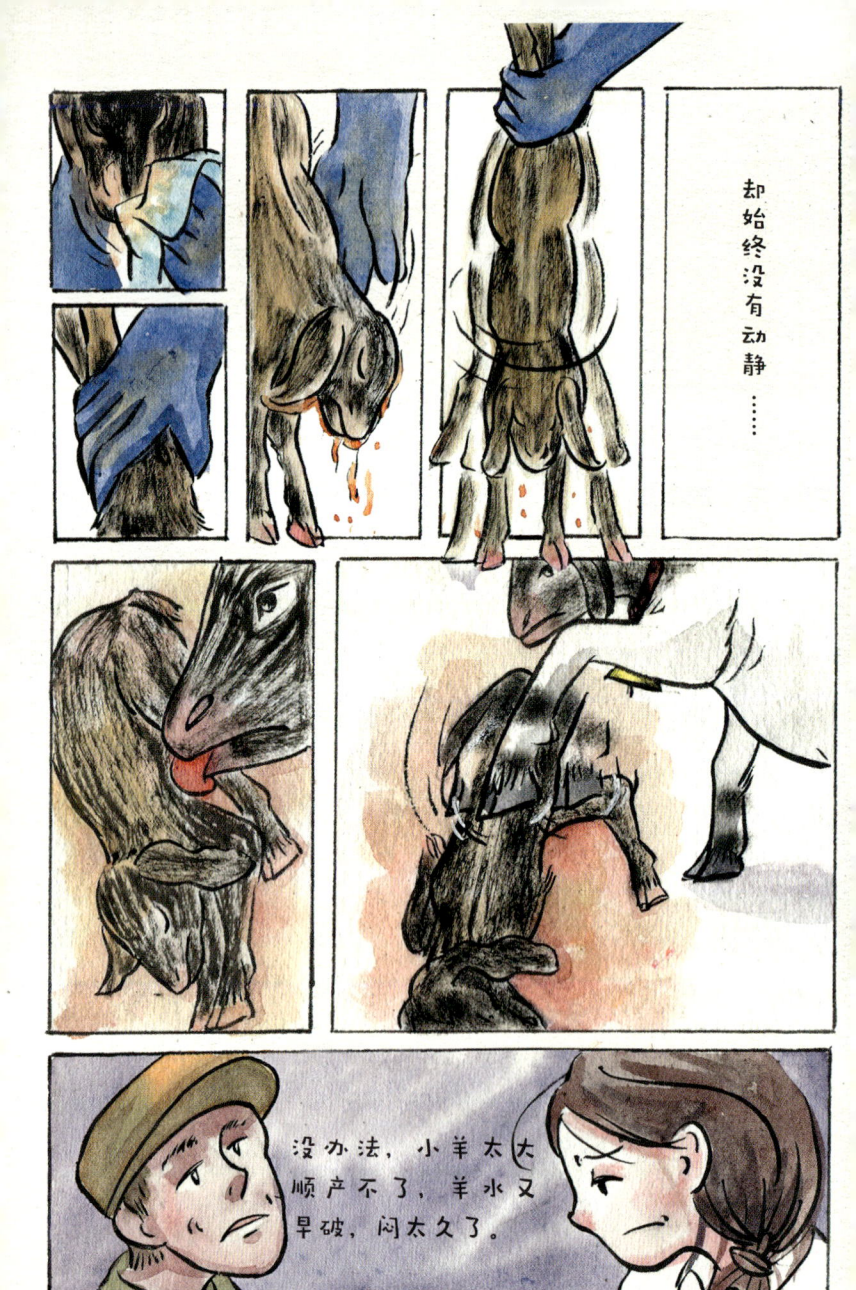

没办法，小羊太大顺产不了，羊水又早破，闷太久了。

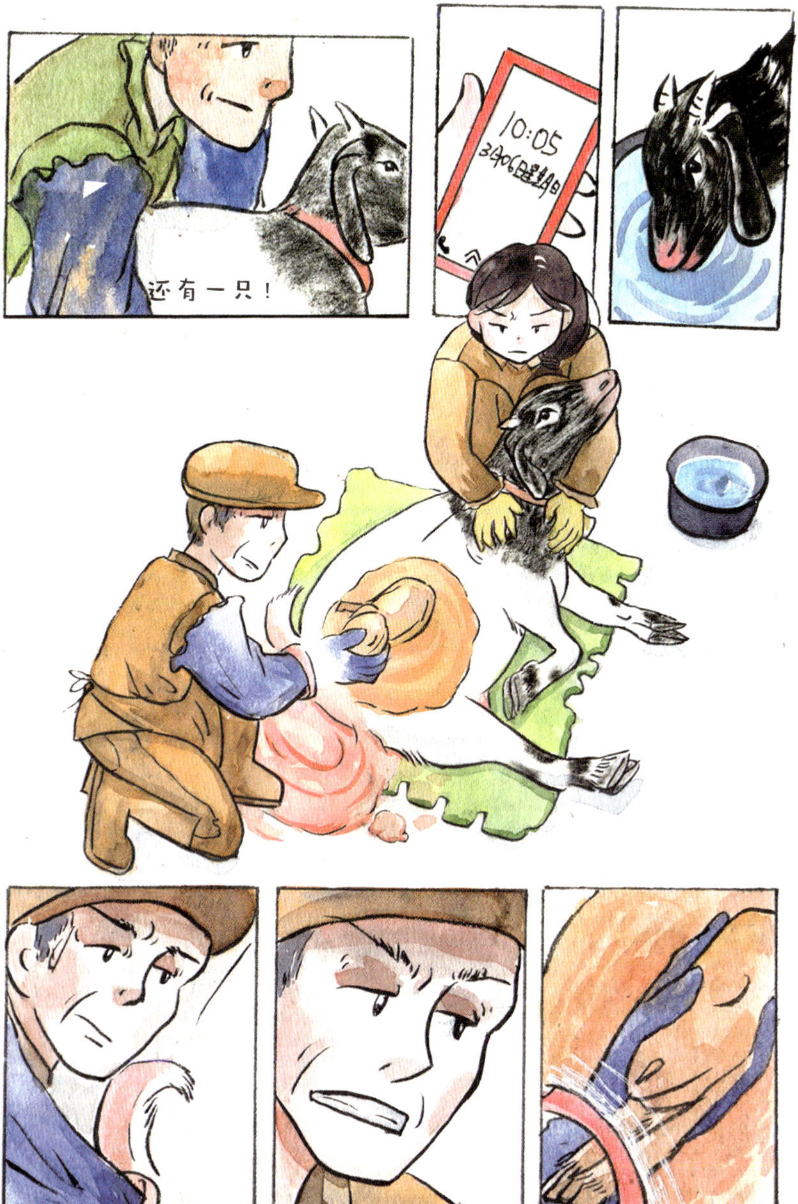
还有一只！
10:05
3月06日星期日

咩

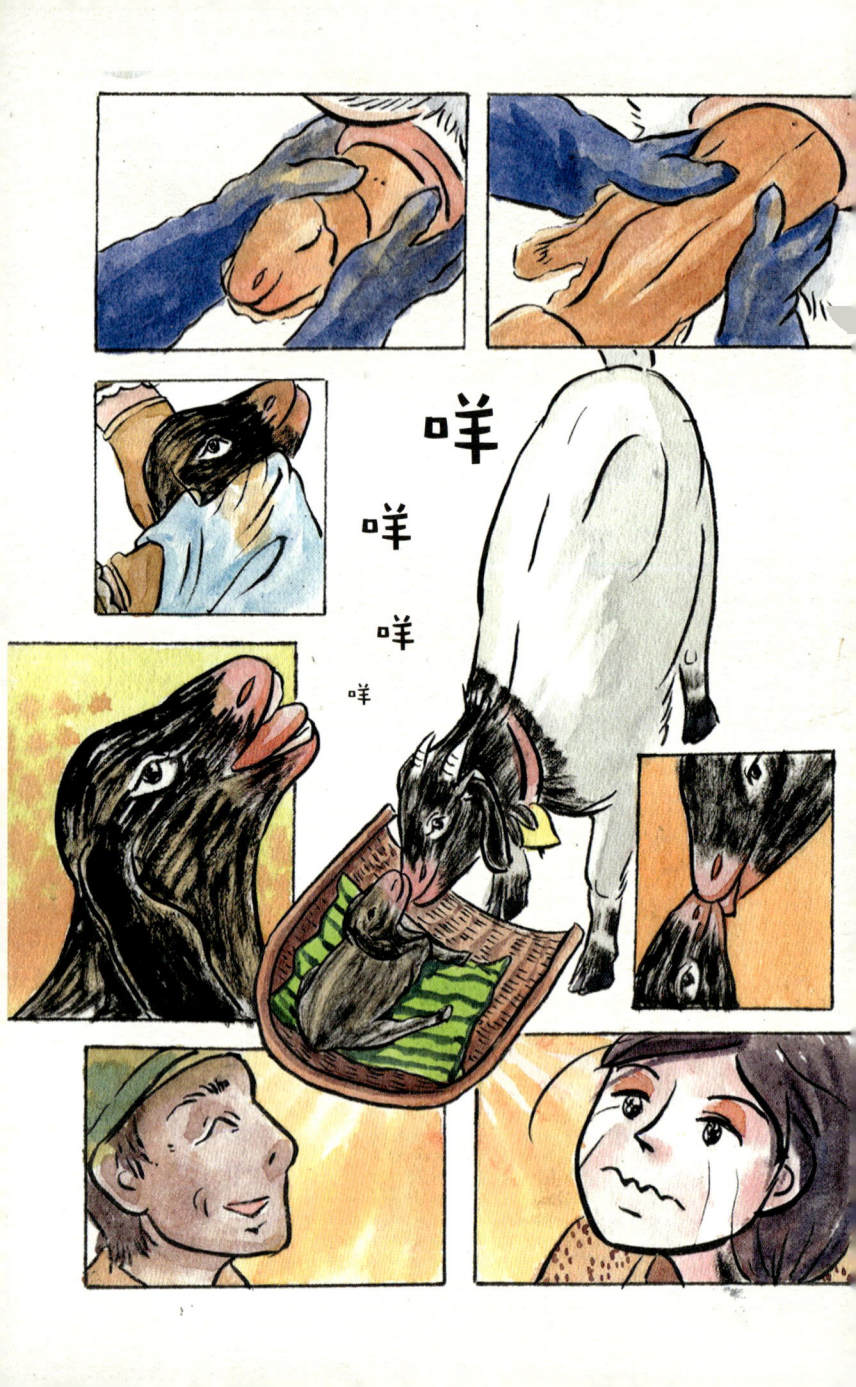

咩 咩

咩

第一只小羊个头太大，掏出来的时候已经四肢瘫软，没了血色。我颤抖着把夭折的小羊抱到一边。没来得及伤感，就得知琉璃肚子里还有一只。先抢救再说！小羊的两条腿和脑袋先出来，身上裹着黏黏的羊水和一层膜。它奋力挣破薄膜，呼吸到了第一口新鲜空气，发出虚弱的"咩咩"声——活了！在琉璃妈妈的舔舐下，小羊一次次尝试站立，从出生到站立只花了十几分钟，就开始找奶喝了。看着小羊奋力吸吮的样子，我喜极而泣，瘫坐在地。大起大落的情绪让我疲惫不堪。短短一天内，目睹死亡与新生，不得不对生命肃然起敬。凡活着的，都值得珍惜。

小羊新生在惊蛰这天，夜间电闪雷鸣，还下着雨。一身乌亮的毛发着实帅气——看来还是小黑羊爸爸胜出了——于是便起名霹雳。

要是知道往后它如名字一般活泼过了头，我定要换个文静些的名字。

烟熏一下，打个喷嚏，
把气管里的气泡喷出来！

给琉璃打缩宫素与消炎药。

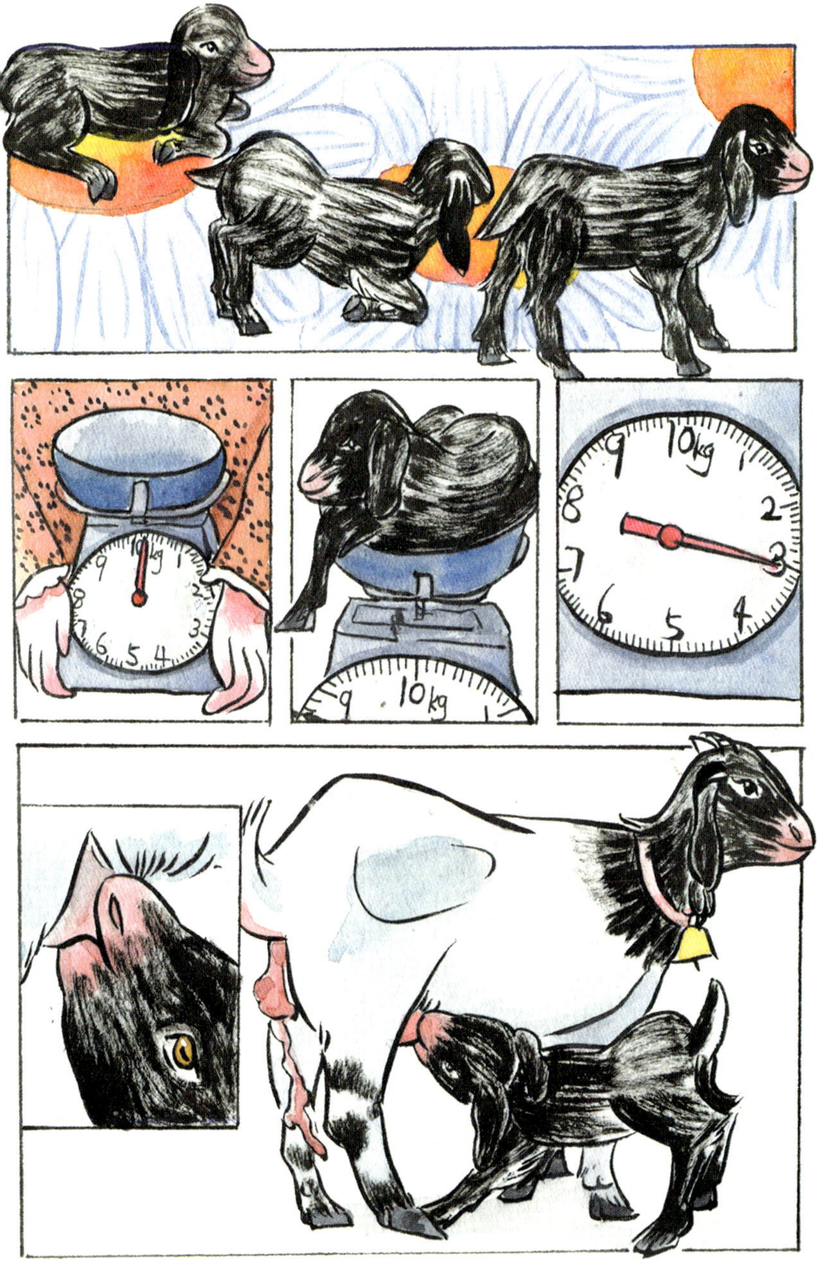
10kg
10kg
10kg

欢迎来到新世界！

霹雳长得飞快，两三个月就赶上了琉璃的个头，甚至更加健硕。说它俩是母女，倒更像姐妹。两只羊形影不离，性格习惯却截然不同。霹雳活泼爱动，有着小羊的心性，越是难走的路越要尝试一番。琉璃则一改从前的勇猛，遇到难跨的水沟，常常止步不前。除非霹雳先过河，琉璃才会勉强鼓起勇气过去。有人抚摸时，琉璃会安安静静站着，而霹雳不喜欢被除了我以外的人摸。

琉璃对霹雳的母爱输出并不稳定。大多数时候，要是在外吃草看不到霹雳，琉璃会急得来回奔跑，叫个不停。可一到饭点，面对美味的玉米，琉璃又会把母爱先放一放，转头一角把霹雳顶开。霹雳还不懂得反抗。最后受累的还是我——每次都要监督它俩和平共处，一起吃完。

养羊耗费的时间和精力远超我的想象。

头两年，玉米食料都是从养羊大户志勇哥家买的。可到了第三年，羊肉卖不到好价钱，村里又都开始搞露营，志勇哥就把羊卖了，专心做露营。这就意味着，我得自己想办法给羊弄吃的。玉米可以托人运来，可是像蒜皮、饲料这种就比较难，弄不到的话，就得每天花两个多小时出门放羊。下雨天羊出不去，我还得去割草。总不能光吃玉米，吃多了羊会胀气，甚至小命不保。病了要张罗买药，冬天又怕吃的运不上来……要发愁的事可真不少。

除了吃的，两只一百多斤的羊放在山里，破坏力不容小觑。有时我将它们拴在山坡上吃草，它们吃饱了就开始啃树皮。遇上小一点的树，干脆掰断了吃——那可是村民辛辛苦苦种的黄柏树啊！看得我肾上腺素飙升，几个巴掌呼过去，外加一番呵斥劝诫。羊也是固执的家伙，明知啃了会挨打，仍不悔改。

另一件不知悔改的事，就是吃塑料袋。露营风潮给山里带来不少游客，也留下了更多塑料垃圾。羊儿出门散步，总是抵挡不住塑料袋的诱惑，非要嚼上几口。我越是着急扯下来，两只羊跑得越快，等我气喘吁吁追到时，嘴里的塑料袋早已下肚。也有成功拦截的时候，我拿着塑料袋对羊一顿输出，附带两个大嘴巴子。可是打骂并不见效，反复几次下来，我常常气得失去理智，也为打了羊陷入深深的自责。

霹雳还老是带着琉璃越狱。到底是年纪小玩心重，力气也比琉璃大很多，羊圈的门饱受折磨，被顶坏过好几次。第一次作案比较保守，只是在羊圈周围吃草，溜达到院里偷吃玉米时被我发现，直接拉回去。第二次越狱，两只羊学乖了，没往院里来，索性去耕耘叔

家的水杉林，把人家辛苦种的黄连给糟蹋了，还拉了很多羊屎。我接到电话匆忙赶去，像带着两个犯错的小孩连忙道歉，还好耕耘叔大度没再计较。第三次越狱是我下山回来，远远就看到它们在院中对着我咩咩叫，好像在说："你去哪里了，怎么才回来！"心底涌出一阵幸福感，有羊等你回家的幸福感。可这"幸福感"多少是有些代价的——桌布被扯了下来，花瓶摔碎了，院里的植物被啃了个遍，朋友送我的月季也没能幸免。

虽说两只羊凑在一块儿干了不少坏事，但它们也用陪伴化解了独居山间的清冷。开心时和羊出去走走，不开心也和羊出去走走，难过悲伤时更要和羊出门走走。我们共同经历了很多故事与事故，不知不觉间已经成了家人。

不过，假如让我重新选择的话，或许不会再养羊了。主要是心态的变化。是小羊羔的时候，它的可爱足以让你包容一切，就算吃了你最爱的花草，也不舍得责怪。可一旦长大，脱去可爱的外衣，同样是将你最爱的花草吃掉,却会挨两巴掌,然后被拴起来。被当作家人或宠物的琉璃和霹雳,内心也会不知所措吧。长大就意味着不被容忍、不被保护了吗?爱会变少吗?

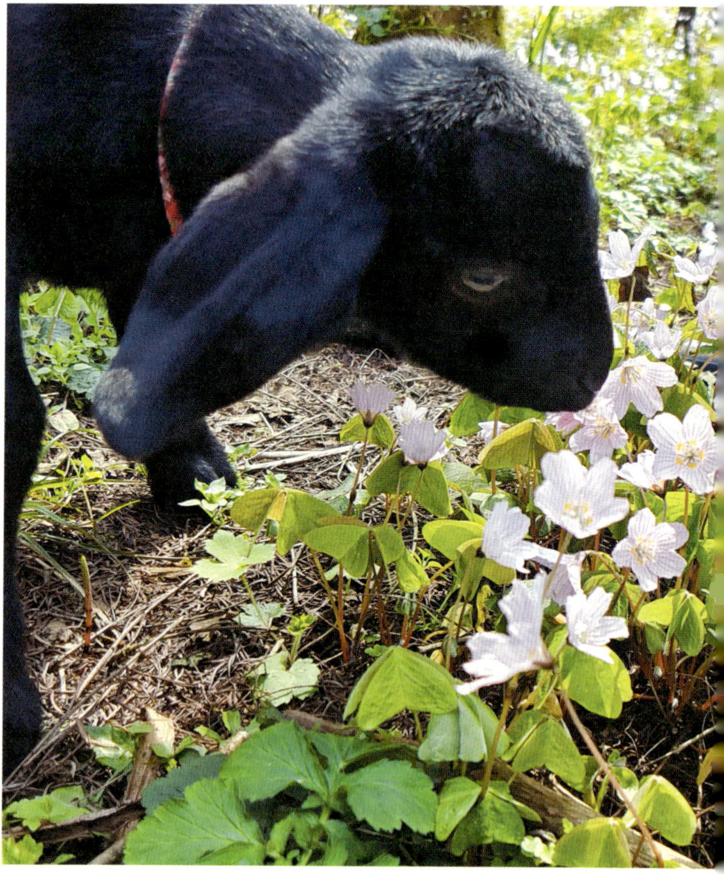

山野风物

珙桐

住在山里，还是有邻居要定期拜访的。

比如珙桐，每年必去。等个大晴天去。

珙桐的花并不艳丽，果实也朴素，村民们亲切地唤作"山梨儿"。开花时白色的苞片在风中摇曳生姿，宛如一群振翅的白鸽，所以又叫"鸽子树"。在第四纪冰川时期，世界上大部分地区的珙桐相继灭绝，只有在中国南方的一些地区幸存下来，是国家一级保护植物，名副其实的"植物活化石"。在野外能看到珙桐，实属难得。

离青草居最近的一棵珙桐在一

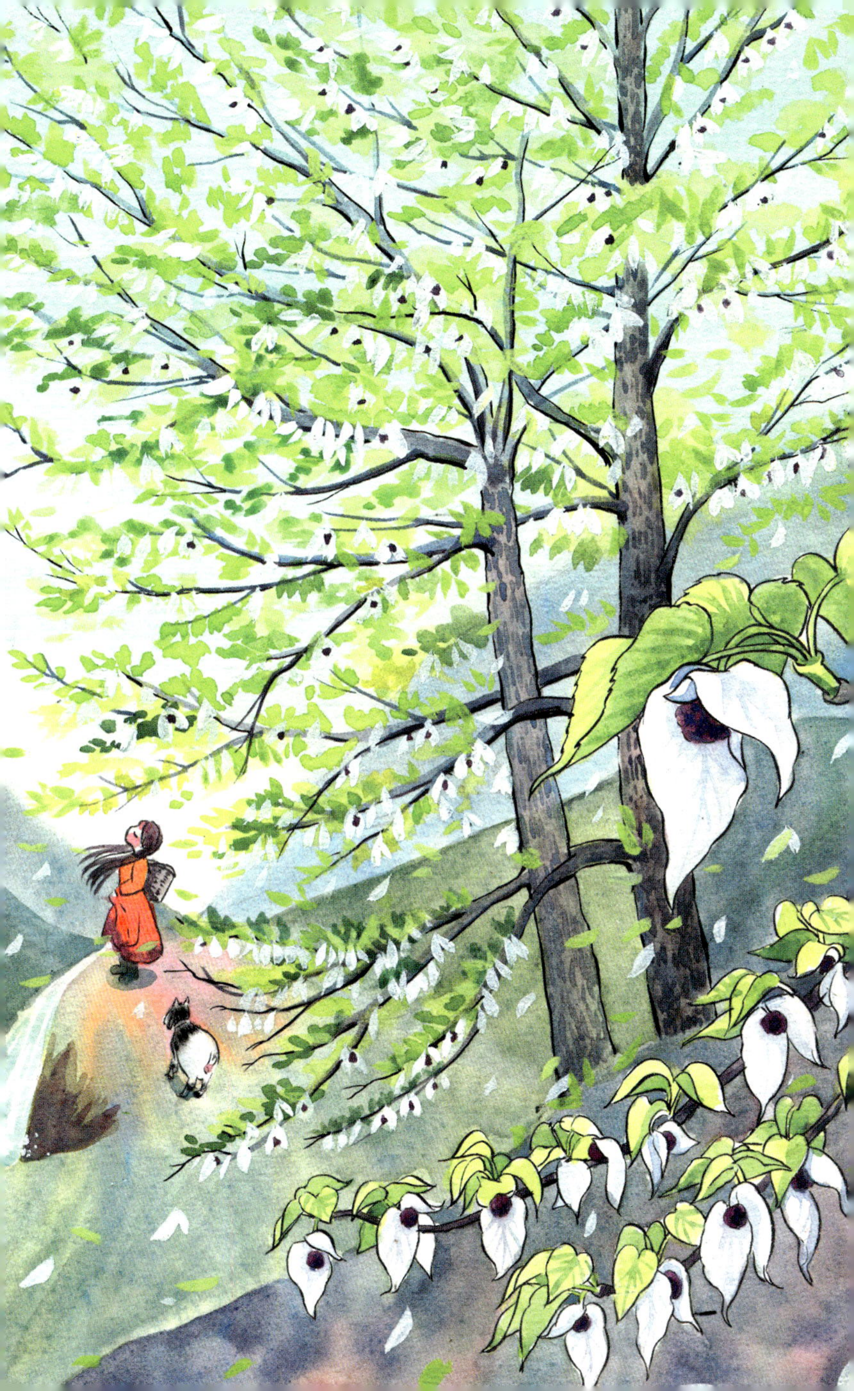

公里外，爬两个小山坡就能到。

每年 4 月，珙桐花开，还未靠近就能看到零星飘落的花朵。风是个顽皮的小孩，将珙桐的叶子和花齐刷刷吹得来回抖动。其实，白色像块手帕的部分并不是它的花瓣，而是由叶子转变的苞片。白色苞片被吹起时，才能看见里头紫红色的花。在蓝色天空的映衬下，珙桐花洁白、清新、超凡脱俗。我常站在树下久久凝望，想象一千多万年前的珙桐也是如此开着花，也有一缕风吹向它，将苞片掀起，露出里头的花。

听过一个朋友对珙桐花的形容，很是贴切："两片精致的白色手帕里包了颗熟透的杨梅，却不知道要送给谁。"

进入冬季，想着珙桐果实差不多都掉落了，我就带琉璃和霹雳一起去树下捡宝贝。落叶堆里、木桩和石头上，走几步就能捡到一两颗。有的果肉完整，有的被啃了一半，有的只剩果核，还有的甚至连果核都被啃出了口子。冬天食物短缺，啮齿类动物也会将珙桐坚硬的核撬开，吃里头的胚芽。这真是个有趣的新发现。

珙桐的果实

埋头捡了七八十颗果子,这才尽兴而归。邻居李孃孃来串门,点评道:"哦,山梨儿啊,我们小时候还吃它呢。"还真像个梨,就是个头小了点。在好奇心的驱使下,我也放进嘴里尝了尝。果肉绵绵的,入口有一丝果味,接下来就是涩,舌头瞬间被麻住,就像吃没熟透的柿子时舌苔上覆了层白膜那样,真谈不上好吃。

还是用来观赏吧。果实去肉去皮,果核清洗晾干,最后一颗一颗装入玻璃瓶中。心满意足。

冬去春来,珙桐花又开了。我如约来到树下,树桩上仍有动物遗落的珙桐种子。我凝望着种子,种子凝望着花,花朵凝望着山谷。

中药材

琉璃村自然环境好，药材长势也好。我好奇地翻了翻乡志，这里2016年统计的药材种植面积就有七千多亩，是崇州市重要的药材基地。种植的药材大多是白及、黄连、重楼、毛慈菇以及厚朴（pò）这类木本植物。

在我看来，每一种药材都有自己的个性。

白及绝对是药材中的美人仙子。整日沐浴在山谷仙气中，两片细长的叶子极其低调，所有的努力都用在花与块茎上。之所以叫"白及"，是因为块茎皓白，像羊角，也像螺钉，又名羊角七、地螺丝。紫红色的花朵继承了兰科植物的美貌，就连药用价值也和美貌有关——消肿生肌、美白祛斑。村里有位姓罗的农家，种着好几个山坡的白及，人称"罗百万"。他家坡上

白及山坡

挖出的白及块茎又白又大，每年5月花开满山时，总有人羡慕着罗百万。

相比之下，黄连要土气些。衣着朴素，在水杉树的庇佑下安静地生长着。最喜欢朱孃孃林下的黄连，早春时节开花，没什么杂草，像一张黄连铺就的地毯，每一片叶子都精神地舒展着。虽然样貌不出众，全身皆苦，却可清热燥湿、泻火解毒，像极了一位暖心的邻家姑娘。

重楼，顾名思义，就是有两层叶片。又名"七叶一枝花"，七片叶子左右围起，看似分散，实则叶片底部相连，像极了一家人聚在一起。在这个"家"的共同努力下，重楼才会开出黄绿色的花，结出红色耀眼的果实。重楼主治蛇虫咬伤、皮肤湿疹，每年夏天花开时，我总爱去地里转转，看哪家的重楼"楼房"长得最高。不出意料的话，总是耕耘叔地里长势最好，每年收购药材的人上山，都是先去他家，再去别家。

重楼和它的果实

杜鹃兰，村民又叫它毛慈菇。花极内敛，掀开花瓣才能看到里头的精彩。有一年身价倍增，将近两百元一斤，创历史新高。志勇哥把种了好几年的毛慈菇全给挖出来卖了，嘴角都掩不住的笑意，没过多久，他家后院就多了一辆白色小轿车。

穿行山间，还有一些药材以树的形态默默生长，最常见的是厚朴、黄柏和杜仲，合称"三木"。

其中厚朴最为常见。树干笔直，高大挺拔，轮生的大叶片格外醒目。"朴"即树皮，《本草纲目》里说"木质朴而皮厚"，就是形容它的树皮，可以治疗积食、便秘、风寒头痛等。深秋时，厚朴叶落了满地，让人忍不住冲上去踩上一脚，叶片碰撞的碎裂声，莫名酥脆、快乐。不过，李孃孃才不会做这么无聊的事，她会耐心地把厚朴叶装进麻袋收集起来，用裁刀裁碎，冬天铺在地里给药材保暖。

厚朴的叶和果实

相较之下，黄柏则显得平平无奇，在树林里常会忽略它的存在。可当我们刮下树皮，又会被它金黄色的内里所震撼。金黄色的树皮大有用处，泻火解毒、治疗湿热，都有奇效。

杜仲我至今没见过，或许是遇到了也认不出来。听村民说，杜仲树皮会拉丝，树皮内侧为白色，掰断了还有密密麻麻的丝线连着。大概它强筋健骨的功效也与这般特性有关。

照料中草药是一件苦差事。每年春夏，常见耕耘叔、朱孃孃和李孃孃搬着小板凳坐在地里，弯腰俯身，一遍又一遍地除草。除了日常上肥料、打药驱虫，秋季雨水多时防止潮湿烂根，到了冬天，还要扫上好几麻袋落叶为药材保暖，就这样年复一年地干着。白及、毛慈菇、黄连和重楼种下去，三到五年才能收获，黄柏树更是要等上十五、二十年，方可剥下树皮。如此漫长的付出和回报时间线，是大城市里难以想象的。不过，山里的人并不着急，每日只管安心劳作，因为他们相信，土地是不会骗人的。

花草10种

山矾

本名山桂花,叶似栀子,光泽明亮,摸起来硬硬的,叶缘还有锯齿,白色小花聚在一起,繁白如雪,香气醉人。

相传王安石看中此花,把它移栽到院中,又嫌它名字太土,就写信给黄庭坚,请他给想个好听一点的名字。黄庭坚听说这花能代替矾石作媒染剂用来固色,于是取名"山矾",顺便作诗一首,把这个作业完成得更加漂亮:"北岭山矾取意开,轻风正用此时来。"

我还喜欢杨万里这句，完全写出了我坐在山矾树下的状态："玉花小朵是山矾，香杀行人只欲颠。"

在百花齐放的春日山谷，山矾的花不靠艳丽夺目，而是凭借一股清香叫人驻足。见之喜爱，嗅之难忘。

油点草

绝对是被名字耽误的美人。在满目绿叶的夏日，油点草的花朵精致而富有层次，安静地伫立林间。说亭亭玉立毫不为过，却偏偏叫这么个潦草的名字。取名的人大概只看到叶片上的深色斑点，就做了这般联想吧。不过，当我听说它的英文名叫"Toad Lily（蛤蟆百合）"时，瞬间就原谅了这个中文名。

每每在山间走乏了，我都会顺手撕一小片油点草的叶子，在掌心轻轻揉搓，一股黄瓜的清香即刻从鼻尖沁入肺腑，美哉。

大百合

花如其名，大高个儿，茎秆直立中空，可以长到2~5米，山谷里随处可见。听朱孃孃讲，饥荒年代，她们还吃它的鳞茎，苦苦的，算不上好吃。

我实在喜欢，移栽了几株到家门口，每天都要查看好几回。不知怎么的，宽大的叶子有一天突然对折起来。正准备翻平，一只跳蛛蹦出来——原来是它搞的鬼。跳蛛将叶子对翻，用蛛丝固定住，一个避风遮雨的巢穴就建好了。叶蝉也喜欢停在大百合宽阔的叶片上，但一不留神就成了跳蛛的食物。大百合一层层的叶片上，住着好几只跳蛛。家、食物、朋友和爱人都在身边，真是"蛛"生赢家。

欣赏得差不多了，我正准备离开，发现一只被真菌寄生的果蝇静静地停

大百合从开花到结果

在叶子边缘。它在生命的最后一刻选择了停留在高处。但终究还是落了地,被路过的蚂蚁打包带走。

老鹳草

看似平平无奇,实则全身是宝。

相传药王孙思邈上山采药,见一老鹳鸟拖着沉重的躯体,不停地啄食一种小草。几天后又见到老鹳鸟,竟飞得灵敏有力。药王一分析,觉得老鹳鸟长年在水中觅食鱼虾,极易染上风湿邪气,它啄食此草,说明无毒,食用后步态轻盈,又说明对身体大有益处。采回去熬制成药,果然治好了一位老渔夫的风湿病。老鹳草的名字也由此而来。

不过,相比老鹳草的药用价值,我更对它的种子充满敬意。

老鹳草的种子直径不过一厘米,果实是个精巧的投射机关,卢梭形容"像一架构造极其精巧

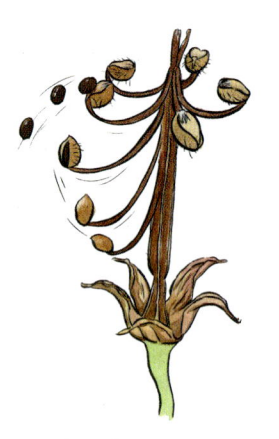

老鹳草种子射手

的枝形吊灯"。五个果荚一字排开，彼此并不相连。种子成熟后，五根"绳索"将外皮拉起，从下往上快速翻卷，果荚裂开，将种子弹射出去。

鸡屎藤

味如其名，花很清新。

猪鼻拱

也就是云贵川人民的最爱——折耳根。山里人亲切地叫它猪鼻拱，大概是连猪都喜欢拱上一口。初春的猪鼻拱根茎最是嫩白肥硕，地上刚冒出红红的叶片，就有人带着铁锹挖呀挖。不过，我到现在都没能适应这股直冲脑门的鱼腥味。只能说，爱的很爱，怕的是一口也咽不下去。

尾叶铁线莲

万物归于沉寂时，于茫茫白雪中独自绽放。

琉璃草与附地菜

同样拥有宝蓝色的花,一个叫作草,一个叫作菜。

叶上珠

为了节省成本,花开在叶子上,结果也在叶子上。村口的马路边就有好几株,春天开花毫不起眼,夏末秋初才是它的舞台,果实由绿转黑,散发着莹莹光泽。

绿花杓兰

俗称"牢底坐穿花"。国内所有野生杓兰都属于保护植物。

林下蘑菇们

雨后,落叶堆里、朽木的躯干上,总会冒出各种各样的蘑菇。那是山林喷出的湿润鼻息。

"有没有毒?好不好吃?"上山看见蘑菇,这是被问得最多的两句话。山里人其实不怎么吃野生蘑菇。在我丰富的串门蹭吃经验里,仅有一次在志勇哥家看到蜜环菌,这才意识到他们也是吃野蘑菇的,只是不常吃。

蜜环菌又叫榛蘑,伞柄上有个菌环,新鲜时伞盖上还有黏黏的东西。秋天的山坡上,蜜环菌随处可见,看得人满心满眼的充实。我曾经摘过一大篮子分给邻居,

蜜环菌

其余的本想晒干炖鸡汤,不料潮湿的天气不允许,直接给晒烂,还长出了虫子,白忙活一场。

鸡腿消失术

鸡腿菇,学名叫毛头鬼伞,幼时粗短,形如鸡腿,味道也像鸡腿一样鲜美。长成"大长腿"后,魔术开始了。伞盖逐渐撑开,由边缘逐渐向中央自溶。菌伞像墨汁一样向下滴落,直到完全消失,化成一滩黑水。整个过程可能不到一天时间。

毛头鬼伞的菌盖自溶

好好的蘑菇,为什么要玩消失呢?一切还是为了孢子的传播。锥形菌盖不利于成熟后的孢子飞散出去,于是就进化出了自溶消失术。菌盖里的孢子从边缘逐渐向中央成熟，通过菌盖自溶，孢子顺着菌盖边缘滴落，也就把自己散播出去了。一旦开始黑化，鲜美的毛头鬼伞就变得又臭又毒，不能再入口了。

捏爆马勃

马勃是个可爱的家伙。小时候白净可爱，成熟后变黄褐色，中间破个洞，挤一下，会喷出云雾缭绕的孢子来。每次遇见，都忍不住想狠狠捏它一把。

喷出孢子的马勃

红白鬼笔

柳杉林深处，总有几支笔散落在那里，无人知晓。

还有其他红的、黄的、蓝的、紫的，很多不知名的蘑菇。

夏虫交响曲

夏日山居,有虫相伴,从不缺热闹。

这热闹的来源,当然就是知了。青草居每天都能享受360度立体声环绕式蝉鸣,从炎热的午后一直唱到太阳下山,来来回回,此起彼伏。

入夜凉爽,想到林子里看看金蝉脱壳。寻了几个晚上也没遇到一只,倒是看见不少蝉的邻居。蛞蝓在叶间爬行,留下一条条透明的路径。蜘蛛抱着卵囊,静静地待在树干上。

走了没几步,不小心碰到一张蜘蛛网。网子晃动的瞬间,蜘蛛就没了踪影。仔细一瞧,上面有条褐色的隐带,那是用树叶和残渣包裹编织而成的应急避难所。这张网的主人大概正躲在里边,盼着我早点离开。

不经意间一个抬头,水杉枝头正挂着一只即将羽化的蝉!脑袋从背上的裂缝间钻了出来,接着是口器和前足挣脱外壳,肚子朝上,嫩绿的身体水平悬挂着,皱巴巴的翅膀还没有完全展开。约莫十分钟后,它靠着胸部的力量绷紧身体,回到头朝上的姿势,前足抓住空壳,慢慢抽出腹部。晾晒翅膀还需要两个小时,困意袭来,我便没再蹲守。第二天再来寻时,蝉已经飞走了。

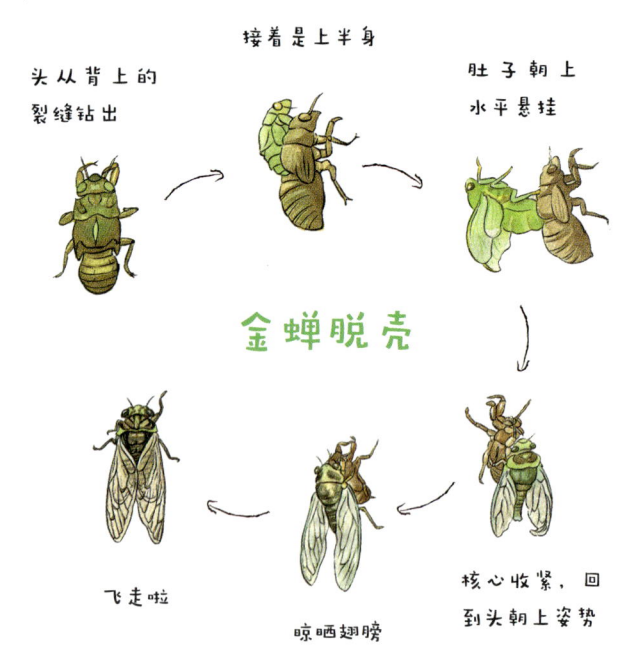

金蝉脱壳

头从背上的裂缝钻出 → 接着是上半身 → 肚子朝上水平悬挂 → 核心收紧,回到头朝上姿势 → 晾晒翅膀 → 飞走啦夏天想观虫是不用太费力的。夜间点起一盏灯，满面的蛾子扑棱过来。

青草居向南而坐，门前二十米处，是一条自西向东的小溪，溪边是一片不太有人涉足的小树林。夏夜最美的一幕，就在这溪边上演。

天将黑未黑时，几点幽幽的黄绿色自草丛亮起，缓缓升腾，闪烁着，闪烁着，忽而在林间，忽而在水面。不一会儿，整片林子都缠绕在浮动的星光中，频率错落有致，仿佛一曲无声的光的交响乐。正值初夏，百

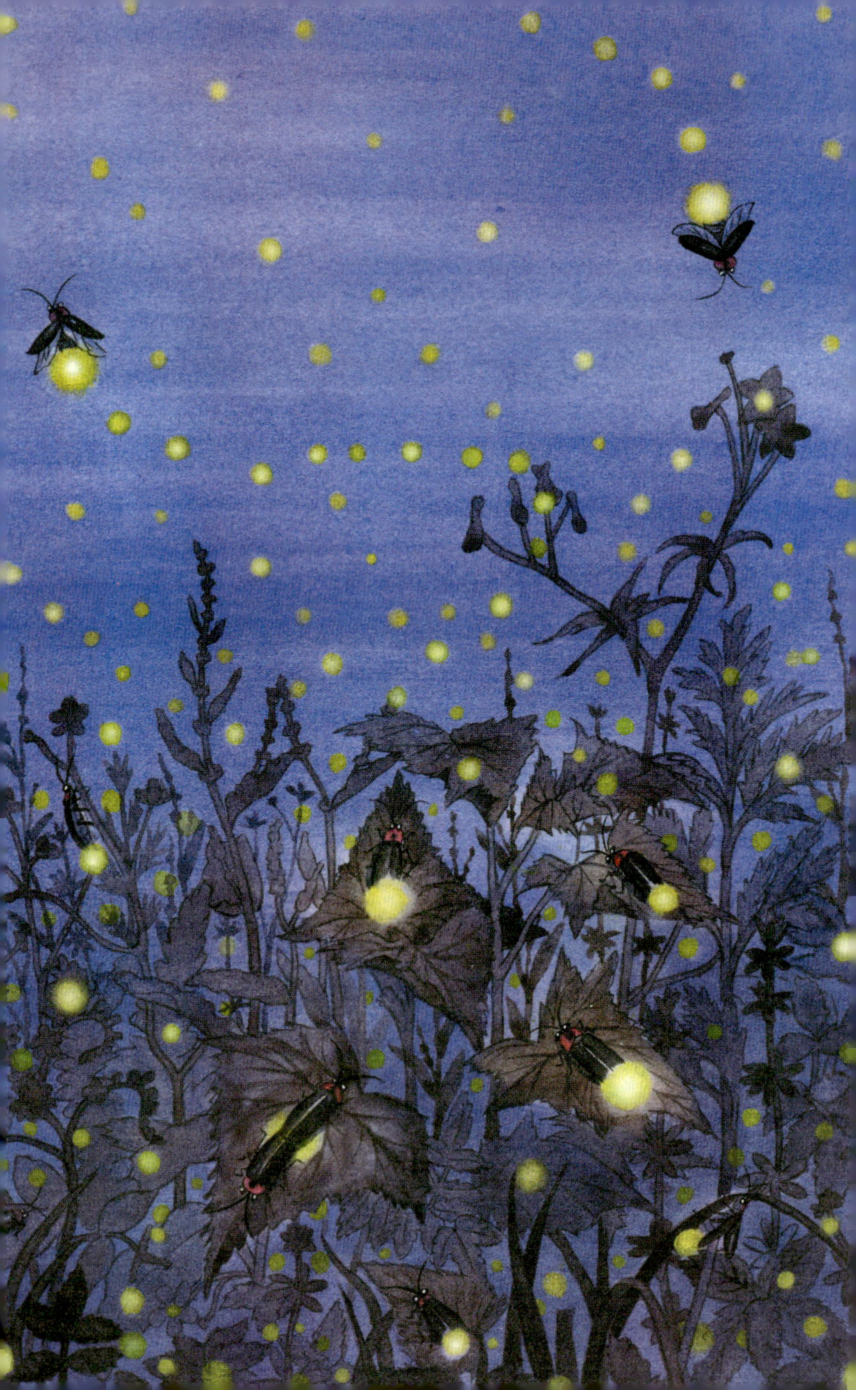

合花的香气交织进来，头顶星河天悬，俯身荧光流动。

这种时候，做一个安静的观众是最好的回应。

还有一些虫子是让人听了就头皮发麻的，比如蚂蟥和蜱虫。

春夏是它们最活跃的时候，到山里随便走走，就能带几只回来。

蚂蟥还算"温柔"，不痛不痒，吸完血就走。假如逮住一只正在吸血的蚂蟥，只要用指甲盖或者卡片之类的东西，贴着皮肤把头部和尾部的两个吸盘撬开，它就自动掉落了。蚂蟥的口器不会留在身体里。

相比之下，蜱虫就是个不管不顾的狠虫。琉璃的耳朵上、米汤的脑袋上，都是蜱虫重灾区，春天抓也抓不完。我第一次中招的时候，只觉得肚子上一阵刺痛，掀开衣服一看吓一跳——蜱虫的头紧嵌在肉里，身子悬在外头，吸饱了血，鼓胀得像一颗光亮的痣，八条腿还四处扒拉。我慌忙间抓起打火机准备烤下来，转念想起自然保护区巡护员大哥的处理方法，才妥善处置了。

去除蜱虫的方法

1. 在被咬处涂抹酒精，麻痹蜱虫，让咬在皮肉里的口器放松收起来。

2. 一两分钟后，用镊子夹住蜱虫头部，往里顶一下再抽出来，就能取出完整的蜱虫。

3. 取出装瓶。如果后期身体有不良反应，可以带着瓶子去医院就诊。

4. 最后涂上碘伏消毒。

当然，如果条件允许，最好还是就近去医院处置，否则蜱虫倒钩状的口器断在里面，不仅会引起伤口发炎，还可能把病菌带入人体内。

总之，青草居的夏天是忙碌的。忙着看虫，忙着听虫，忙着捉虫。

星空

在山上可以尽情观星。其中以冬夏两季的星空最为璀璨。

夏夜只要天气清明,银河就会悬在天上。遇上7、8月的英仙座流星雨,还能撞见不少流星从头顶划过。

我是从住进山里才开始观星的。最先识别的是北斗七星,一把大勺,几乎人人都见过。看到北斗七星,也就看到了大熊座——斗柄是熊尾巴,斗勺是身躯的一部分。

在银河附近,三颗明亮的星星组成了著名的"夏季大三角"。其中,牛郎星和织女星分隔在银河两侧,就像小时候书里说的那样。还有一颗是天津四,位于天鹅座的尾端,整个星座呈十字形,仿佛一只畅游在银河里的天鹅。

织女星　天琴座

大熊座

夏季大三角

天鹅座

天津四

天鹰座　　　　　　　　天蝎座

牛郎星

夏季星空

天蝎座的我也会在夏夜里满世界寻找自己的星座。关键线索是一颗橘红色的星，俗称大火，跟火星很是相似。在红星后头，如果还有一串星星组成S型曲线，那必定就是天蝎座了。它的半个身子都躺在银河里，是个喜欢热闹的家伙。

而到了冬天，星空又是另一番景象。辨认冬季星座的窍门，就藏在一个简单的小故事里：一个猎户出门打猎，后面跟着一大一小两只狗。猎户要寻的猎物是一头牛，大狗却追着兔子跑，小狗则忙着跟人玩。整个冬天，它们都在夜空中相互追逐。

那这个猎户究竟在哪儿呢？冬夜里抬头，有三颗并排的星格外显眼，那就是猎户的腰带，找到腰带就找到了猎户座。猎户座身后跟着大犬座和小犬座。猎户座的狩猎目标是金牛座，大犬座也有自己的猎物——天兔座，就藏在猎户座脚下。亲人的小犬座则紧挨着双子座。

要说冬夜里最亮的星星，非大犬座的天狼星莫属，金属质感的蓝色光，叫人忍不住多看两眼。

冬季星空

　　冬季还有狮子座流星雨，可惜天太冷，只想窝着，至今不曾见过。

　　对了，我还发现一个关于星星的秘密。只要站在原地，左右摆动，星星就会对你眨眼睛。不信，你试一试？

我的秘密基地

山居前两年,我热衷于探索青草居附近的每一座山头,几乎每天都要和小羊琉璃到处瞎晃悠,试图拓宽琉璃村的地域边界。有时我们会走到没有路的地方,潜进很深很深的林子里。久而久之,就发现了不少秘密基地。

最有意思的是一块化石秘密基地,位于河道中上游,只有冬季枯水期才能进入,上上下下爬一公里多的石头溪沟,方能到达。

在这里,我寻到过一块顶漂亮的珊瑚化石。个头很大,白色的珊瑚密集而整齐,以扭动的姿态凝固在黑色的石头里,仿佛仍在亿万年前的海里随波摇摆。

我查阅了《鸡冠山乡志》,其中提到"西海"这个地质学概念,指的是1.9亿年到5亿年间,四川盆

珊瑚化石

地以及更广阔的地区，经历过的两次完全被海水淹没的状态。而在这遥远的历史洪流中遗留下来的石头，被笼统地称为"西海史前石"。这块在秘密基地里发现的漂亮化石，我权作"西海史前石"收藏。

其实，珊瑚化石在鸡冠山并不少见。有一回与朋友在村里闲逛，她捡起一块石头说："你看，这是化石，还是珊瑚化石。"此后我的眼里便都是化石，走到哪里，找到哪里，连土地庙旁都寻得过一大块。

在两千多公里外福建海边长大的我，与海有种天然的亲近感。从未想过，有一天我会在陌生的大山里找到家乡的印记。河道里，琉璃村中，每一次我俯身蹲下，将珊瑚化石捡起又放下，都好像与家乡建立起了新的联结。

海未枯，石未烂，我的第一个秘密基地却已消失。记得第一次遇见它是在某天午后回家的路上，持续上坡让我很是疲惫，频繁往来的汽车声更是扰得我心神不宁。

"真想找个阴凉的地方歇歇！"正当我叫苦不迭时，忽然瞥见马路边有片杂木林，林间隐约可见一条小道，便果断钻了进去。

一切都安静下来，只有鸟叫声。

阵阵清香扑鼻而来，头顶的阳光透过层层叶片散落在林间草木上，形成光斑，在风的作用下来回摇曳，视线里满是光在舞动。两棵二十多米高的板栗树伫立于石头堆上，粗壮的树干底部铺着厚厚的青色苔藓，苔藓上长着几朵蘑菇，在阳光下变得透明。一旁还有好几株大百合，足有两米多高——原来那阵阵花香

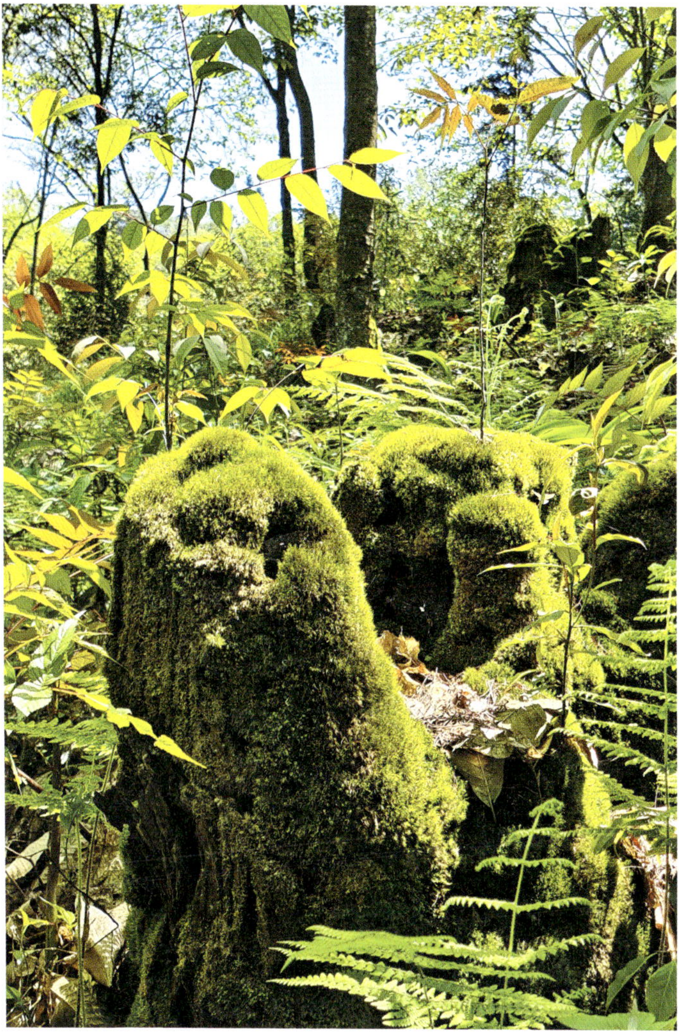

是它的!

林子的静谧与生机缓解了赶路的疲劳,我毫不犹豫地宣称:这是我的秘密基地!

可大约半年后,这片林子已面目全非。大板栗树不知所终,大百合与鸟儿更是无处找寻,只有阳光还在,直挺挺地晒着那块没有树林的地。我靠着板栗树桩坐下,望着一览无余的荒地,声声叹息。后来才知道,林子的主人准备在这里栽种黄柏树。

一年过去,我再次走向那片秘密"荒地"。虽然没有树木遮挡阳光,草本植物却热烈地从土里涌现出来:变豆菜、银莲花、山莓、空心泡、翠雀,还有许多十字花科植物……

我忽然意识到,自己和林子的主人何其相似。独自来到山上,砍断便利的生活,砍断更多的工作机会,砍断亲友的联系,砍断一段长达十年的爱情,让自己于一片清零的荒地中野蛮生长。不同的是,林子的主人知道自己要种什么,而我并无预设。

几年下来,答案逐渐浮出水面:自食其力,尽我所能创造一些美的事物，更专注于想做的事，连接更多的人……

起身准备离开时，发现一株板栗小苗探出层层落叶。我知道，新一轮的更替又开始了。

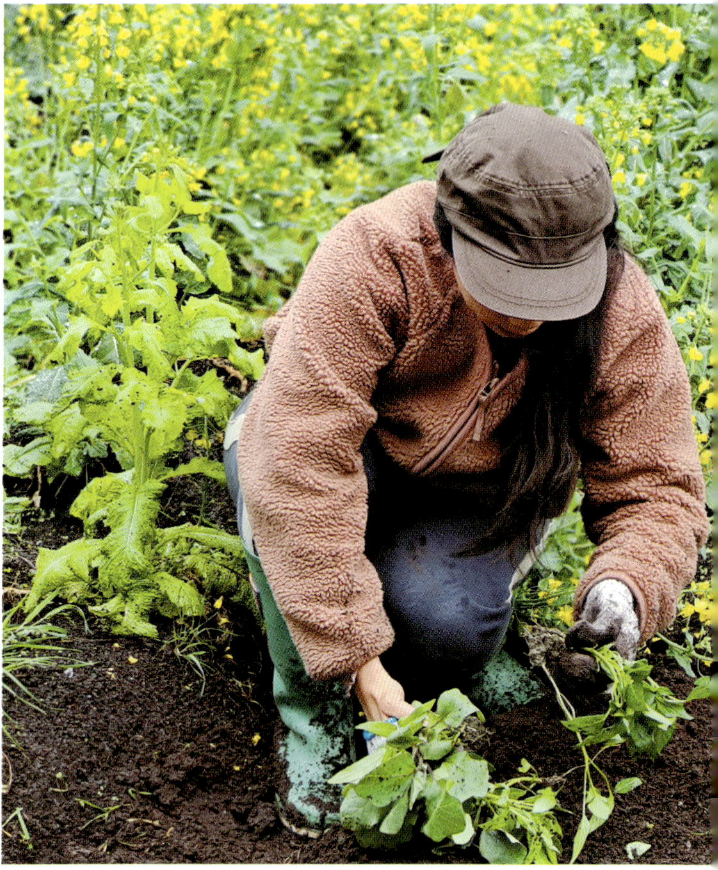

食在山野

打野菜

4月是打野菜的时节。青草居周围遍地是野菜,像水芹菜、鹅脚板、蒿菜,还有四川人最爱的猪鼻拱(也就是折耳根)。

不过,有两种野菜自带仙气——山油菜和鹿耳韭——生长在海拔两千米的地方,想要摘到它们,必须长途跋涉翻越五座大山。尽管每回我都嚷嚷着腿断了,腿断了,再也不去了,可只要隔壁李嬢嬢一吆喝,我的腿还是按捺不住跟了出去。

通常打野菜要等一个大晴天。有一年春雨下个没完,我和李嬢嬢一冲动,顶着阴雨天就出发了,结果回程的时候雨越下越大,脚踩的泥土越陷越深,肩上的野菜越背越重,直接被淋成落汤鸡回来。我感冒了大半个月,抽着鼻涕烤着火发誓,以后说什么都得等天晴了再去。

　　但即便是大晴天，打野菜也是相当不易的。要准备的东西就有一箩筐：一个大口袋、一段宽边绳子、一些水和干粮，还有一把砍刀。待阳光把叶上的露水晒得差不多时，我们就踩着光往深山里走去。我三步并两步，蹦跶着往前小跑。李孃孃则不慌不忙地迈着步子："着什么急，路还长着呢。"果然，才翻过两座山，我就瘫坐在地走不动了，李孃孃依旧迈着稳稳的步子匀速向前。

灌木丛里有条隐秘的小路，只有打野菜的山民才知道。这条路年年砍，又年年长。在无人造访时，植物们肆意生长，紧挨着彼此，生怕遗漏了每一寸阳光。

有一种叫"马蹄叶"的植物，枝条上的倒钩非常厉害。每次穿越灌木丛，我的衣服都要被钩出好几个洞，早上精心梳好的麻花辫也被钩得发丝乱飞，甚是狼狈。每当这时，李孃孃都会帅气地从身后抽出砍刀，眼神坚定地对着荆棘丛一通挥舞，硬生生砍出一条路来。

走过灌木丛，来到视野广阔的第三座山头。一架飞机横穿天际，留下一串长长的尾巴。飞机穿越云层，轰轰作响，很快就没了踪影，身后的航迹云越来越长，向外散开。等我们穿过山坡又要进林子时，已经找不着飞机驶过的痕迹。

这大山不知走过了多少人，也如这航迹云一般没有留下什么。

第四座山里有一片柳杉林，和一段接近90度的陡坡。我们手脚并用，全部的注意力都在攀爬上，话

都不敢多讲一句。

很快，热气在胸腔沸腾，不停地从领口冒出，脑袋开始发胀，脚上像是拖着二十斤沙包，每多走一步都是煎熬。

就在我觉得自己快不行时，一缕阳光穿过柳杉林，洒在石壁上。石壁上是成群的报春花，紫红色的花瓣透着光，在微风中阵阵摇曳。

我被这紫红色的海洋震撼到，双脚仿佛注入了紫红色的动力，飞快攀到石壁旁，满心欢喜地坐下。我知道这景致并不属于我，它属于山谷，只因偶然路过，彼此多看几眼，待上一会儿，就能让我蓄满力量。远远听到孃孃唤我，便再次起身追赶。

爬上柳杉林，已经有零星的山油菜出现了。

我们翻越最后一座山，终于到达有成片野菜的树林，村民唤这个地方"矮窝棚"。林下有两种野菜，一种是村民口中的"山油菜"，其实是十字花科的紫花碎米荠。另外一种村民叫"鹿儿韭"，是百合科葱属的卵叶韭，因味道似韭菜和小葱、叶片似鹿的耳朵而得名。

两种野菜像是约好了似的，左右各占一片山坡，界限分明。

山油菜　　　　　　　鹿儿韭

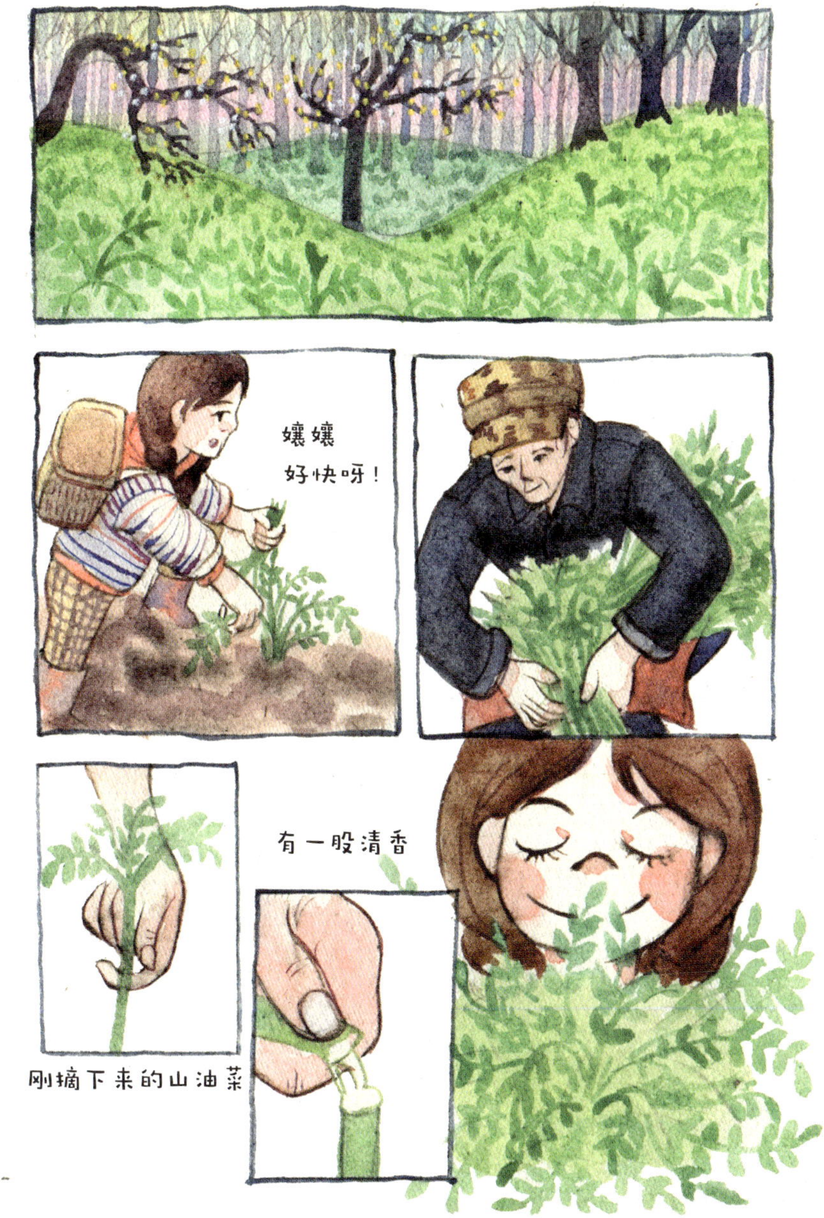
嬢嬢
好快呀！
有一股清香
刚摘下来的山油菜

10 分钟

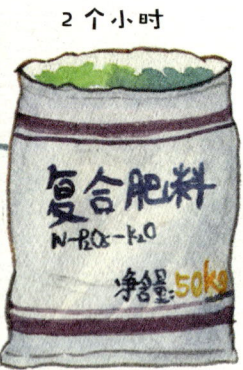

30 分钟

2 个小时

复合肥料
N-P₂O₅-K₂O
净含量:50kg

咚

呜~
好险啊！

是啊！
吓我一大跳。

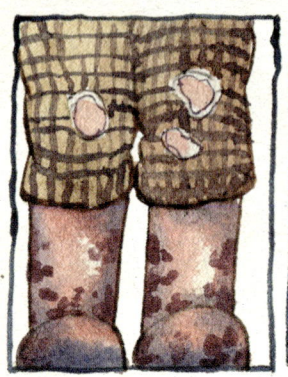

青草居

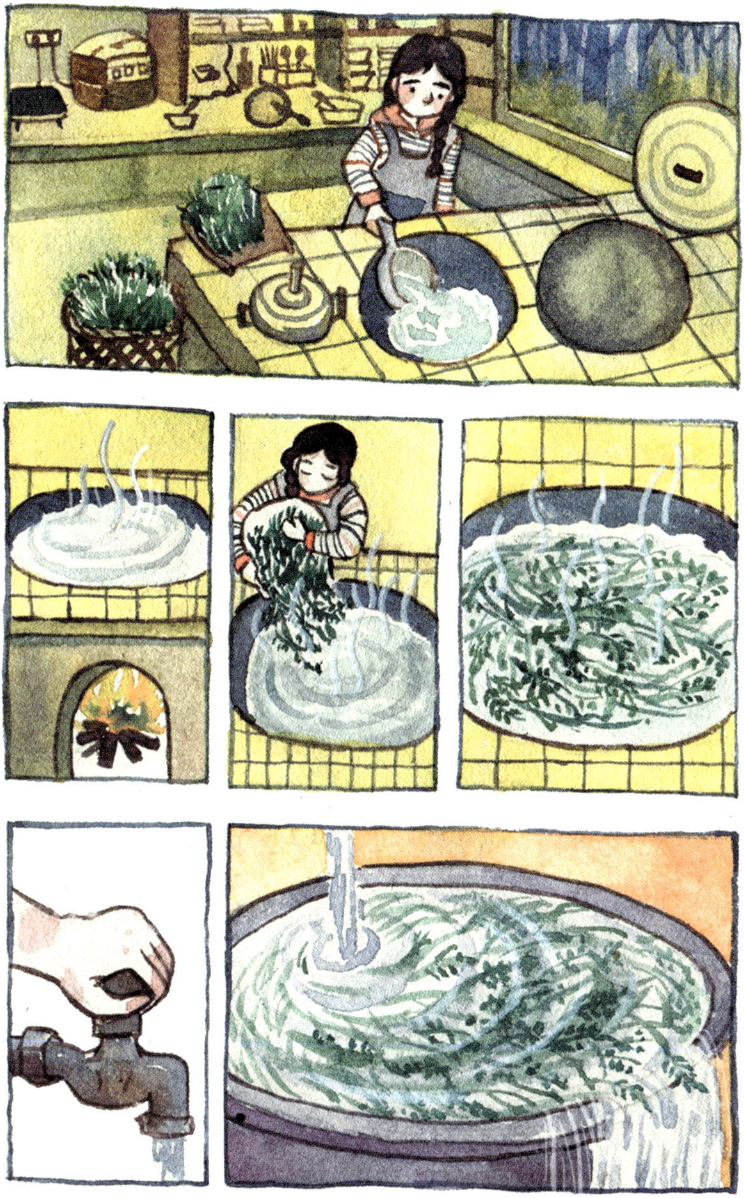

今晚的月色真美！

每年春天的山野之气,就这样被村民们冷藏起来,成为逢年过节招待客人的限量版美味。这是山里人念念不忘的味道,由自然给予山里人,山里人又分享给山外人,满载着采摘者沉甸甸的心意。

天麻炖鸡

每年6月,一种叫噪鹃的鸟在房前屋后准时开嗓。"哦呜哦呜"的响声,即便穿过厚实的瓦片和木板墙,仍有回旋的余地,打碎一切睡懒觉的念想。怪不得名字里有那么多"口",真是鸟如其名。噪鹃一叫,就正式宣布:挖天麻的时候到了。

找天麻需要在坡上来回寻觅,没点耐力和运气,很可能空手而归,所以山里人常结伴一同寻天麻。

青草居周围的山坡上就有天麻。有一回,谢大哥带着十来个好友去寻天麻,路过青草居时邀我同往。就这样,浩浩荡荡的队伍往山坡上走去。到了地点,大家四处散开,抽出挂在背后的砍刀,弯腰在草间挥舞,开始地毯式搜索。我没见过天麻在土里的样子,只好边找边问:"是这个吗?是这个吗?"

十来个人找了一个多小时，没有半点收获。突然谢大哥的声音从远处传来："找到了，找到了！"四散的人群闻声聚拢，三步并两步跑过去。一对夫妻率先到达，忙问："在哪儿，快让我们看看！"

等众人到齐，谢大哥不好意思地摸着头说："虽是豁（四川方言，表示骗、哄）你们的，但请你们吃这红彤彤的鸡公泡，不也没有白跑不是。"大伙儿顿时泄了气，坐下休息，无心再找。那对夫妻却斗志昂扬："今天必须找到，找不到就睡这山坡上了！"怀着必胜的决心，他俩拿着砍刀又找了起来。

很快，远处传来丈夫的声音："找到了，找到了！"大伙儿只是循声望了望，没人起身。这时，妻子也兴奋地大喊："真的有，好几个在一块儿呢！"大家有些按捺不住，互相对视一眼。"你们快来看啊，不来别后悔，我们就独吞拿回家了哟。"

"轰"的一下，大家拔腿起身。果真，好几株天麻

天麻块茎

凑在一起，在草丛中刚冒出个尖尖。

谢大哥说："天麻就要刚冒头时挖才好，如果长长了开出花，那土里的块茎就已经被掏空，没有营养了。"看到挖出的三块天麻，大家又恢复了干劲儿。很快，四面八方都传来收获的喜讯。我实在眼拙，一个也没找着，但这热闹凑得还挺开心。

村民们挖来的天麻，通常卖一部分，留一部分。留下的天麻拿来炖鸡，鲜美又滋补，邀请亲朋好友一起来喝，是初夏的仪式感。

第一次喝天麻鸡汤时，总觉得有股怪怪的"鸡屎"味，心想可能是鸡没处理干净，吃人嘴软，没敢说。第二次再喝，还是这个味道，忍不住问了，才知道野生天麻炖出来就是有这股鸡屎味。不喝白不喝，我捏着鼻子灌下两大碗。

天麻炖鸡

天麻开花时像一把射出的箭,所以还有个好听的名字叫"赤箭"。天麻的独特之处,在于无根无叶,需要和土里的蜜环菌合作,才能发芽生长。在土里潜伏孕育两三年,当块茎长到足够支撑开花结果时,天麻便破土而出。

天麻开花

听耕耘叔说,老一辈挖天麻是有规矩的。天麻要和土里的菌丝合作才能长起来,所以不能破坏菌丝,挖过的地方要用泥土盖好,这样来年还会再长出天麻。耕耘叔说他小时候这附近到处都是天麻,现在半天也找不着几个。原因之一就是频繁的破坏式采挖。

大部分天麻茎秆是红色的。有一年李孃孃挖到绿天麻，说是在山里住了几十年头一回见，小心翼翼地将这碧绿色宝石一般的天麻捧在手上给我看。李孃孃说把天麻块茎放回土里，会继续开花结果。

我一寻思，天麻是兰科植物，花必定也好看！于是豪掷两张毛爷爷，换回四块天麻块茎。两块红的，两块绿的，仔细栽种起来。

黄连花炒鸡蛋

一早起来，空气里仍带着冬日的寒意。树木还没有抽芽的迹象，土里的野韭菜却不畏寒冷冒出头来。几只小鸟在附近蹦跶，没等我看清是什么鸟，它们便躲进了灌木丛里。我捡了些柴火喂给壁炉，简单早餐后便投入一天的工作中去。

过了中午，邻居家的狗连连叫唤起来——有人来串门了。朱孃孃与张孃孃推开院前的小木门前后脚进来，边走边聊天，进屋围着壁炉坐下。

她俩是好闺蜜，从年轻时耍到现在，年纪大了经常互相帮忙干活儿，一起打发闲散的时间。不过，关系再好，哪有不吵架的闺蜜，有时候她俩吵得不可开交，还会分别找我说道说道。我常常坐着听她们各自说完，觉得这两位孃孃甚是可爱。

朱孃孃掏出手机，叫我帮忙把垃圾短信清理一下。普通的老年机短信容量只有六十条，收件箱动不动就满了，满了就卡住。每次手机信息一满，朱孃孃就会跑来找我。而张孃孃大都是充话费的时候来求助。自从我在村里住下，但凡手机出点故障，或者需要充个话费、存号码、交电费之类的，老人们都会来找我帮忙。而我也乐此不疲。

清理完垃圾短信，我将手机递还给朱孃孃。她赶紧按了按电话簿，每按一下，嘴里都念念有词，按顺序报出电话簿里的姓名和号码。我的姓氏是Ｃ开头，长年盘踞在电话簿首页。听到自己的名字被郑重其事地念出来，怪不好意思的。

终于，朱孃孃找到一串号码拨了出去。那头刚"喂"了一声，朱孃孃就接住话："我这儿黄连花开了，想吃吗？明天下山给你带点过来？"

一连打了好几个电话，得到的都是肯定的回答。她俩立马决定不在这里烤火了，起身准备去摘黄连花，明天就送下山。我刚好画累了，于是拿上托盘就跟了出去。

朱嬢嬢的水杉林地里，树干挺拔，枝条分明，每到冬季都会落下厚厚一层水杉叶子，长年下来土质非常松软。黄连花就栽种在水杉林下。在春天到来之前，黄连花需要冲破水杉的落叶层，开出低调的花朵。花朵呈黄绿色，茎干渐红，要俯下身来才能看清。

我们三个开始专心采摘黄连花。我一边摘，一边还不忘用手机给花拍特写，扭头一看，张嬢嬢手里已经握了一大把，速度之快令人叹服。

朱嬢嬢手里也握了一大把，边摘嘴里还嘟囔着："吃过了人生的苦，才觉得黄连花的苦算不得什么。"

看她们弯着腰，身手敏捷地采摘黄连花，我想，这黄连花的"苦"，大概是嬢嬢们人生的一股味道，载满了种种记忆：或是在田间劳作的日常，或是挖黄连的喜悦，又或是她们与土地常年的一种默契——只要俯身耕耘，就会有收获。而很多记忆也会留在人们的味觉里，每年特定的时候，便想要回味一番。

我摘上一小把就回来了，晚上炒两个蛋绰绰有余。按照嬢嬢们传授的方法，将黄连花焯水切成小段，再打两个鸡蛋，切好的黄连花放进蛋液里搅拌一下，只等锅里的油热好，刺啦啦翻炒一通就完成了。

预料到肯定有些苦，往嘴里夹时做了一番心理准备。没想到嚼了几下，还是直伸舌头——不是一般的苦啊！跟苦瓜炒蛋还不一样。苦瓜炒蛋仔细吃还有一丝丝清甜，而黄连花炒蛋就是纯苦，苦味在嘴里辗转徘徊，久久不肯散去。两相对照，米饭竟比平日多了几分甘甜。满满一碗米饭，就着这盘黄连花炒蛋，吃了个精光。

我的味觉记忆里，也添了一种黄连花的"苦"。

野果自由

我爱一切浆果,但大城市动辄七八十一斤的树莓,总让我觉得自己不配。这方面的尊严在住进山里之后,全都捡了起来。山莓、空心泡、胡颓子、野草莓,出门随便走两步就能吃到,还管够。

山莓是最早送进嘴里的。到了5月,熟透的果实红彤彤的,轻轻一碰就会掉落。采摘山莓最好赶在下大雨之前。雨后的果实中多了一分水汽,没那么清甜。

半个月后,又到了空心泡登场的时节。空心泡,顾名思义,中间是空心的,个头比山莓大。村民喜欢叫它鸡公泡,红彤彤的颜色,密密麻麻的肌理,还真有点迷你鸡冠的样子。摘一把火红的鸡公泡放进嘴里,汁水透进味蕾,酸甜可口。写到这儿,我又禁不住咽了下口水。吃不完的空心泡,拿来做果酱正合适。

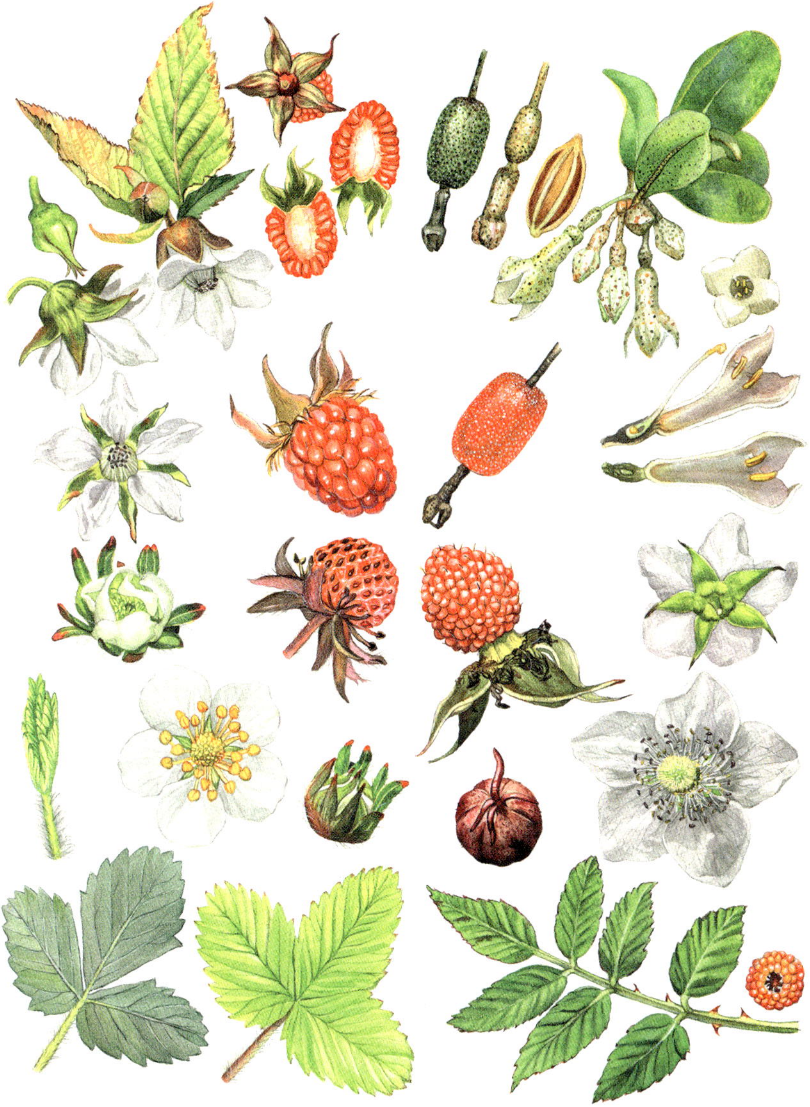

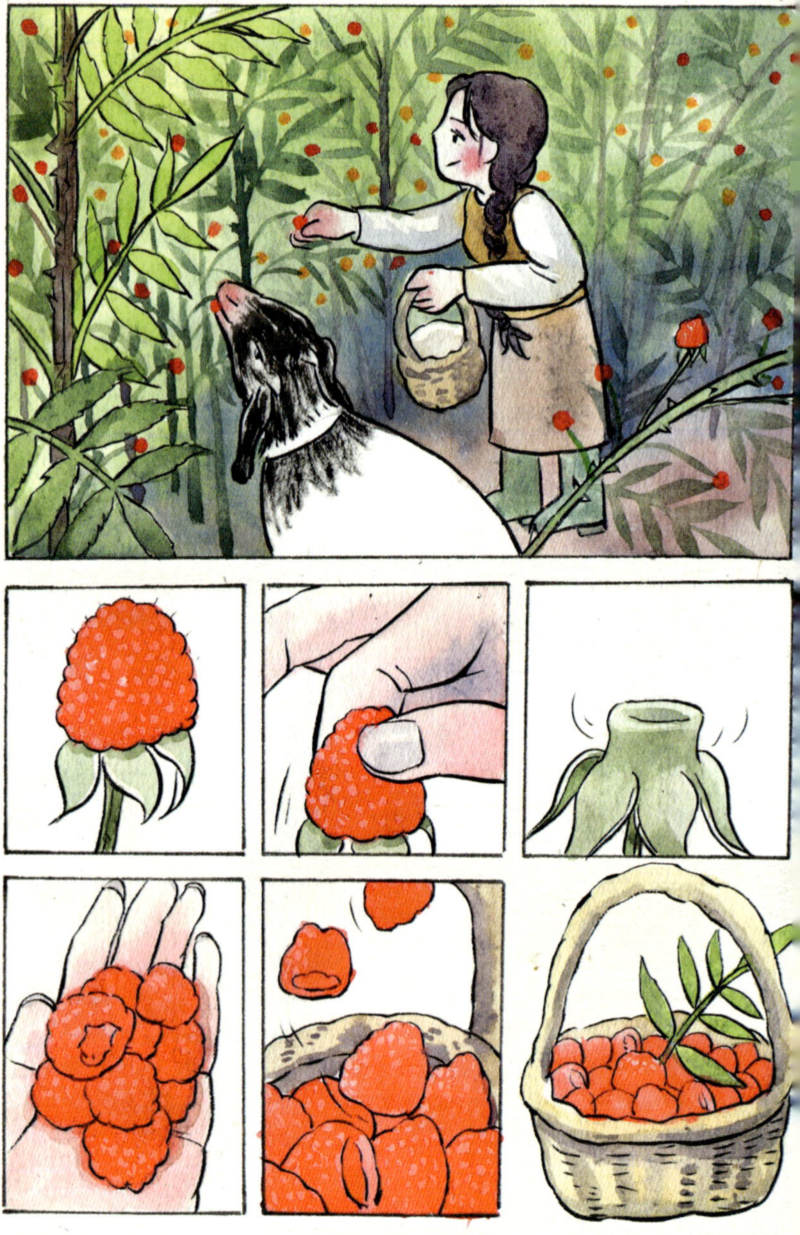

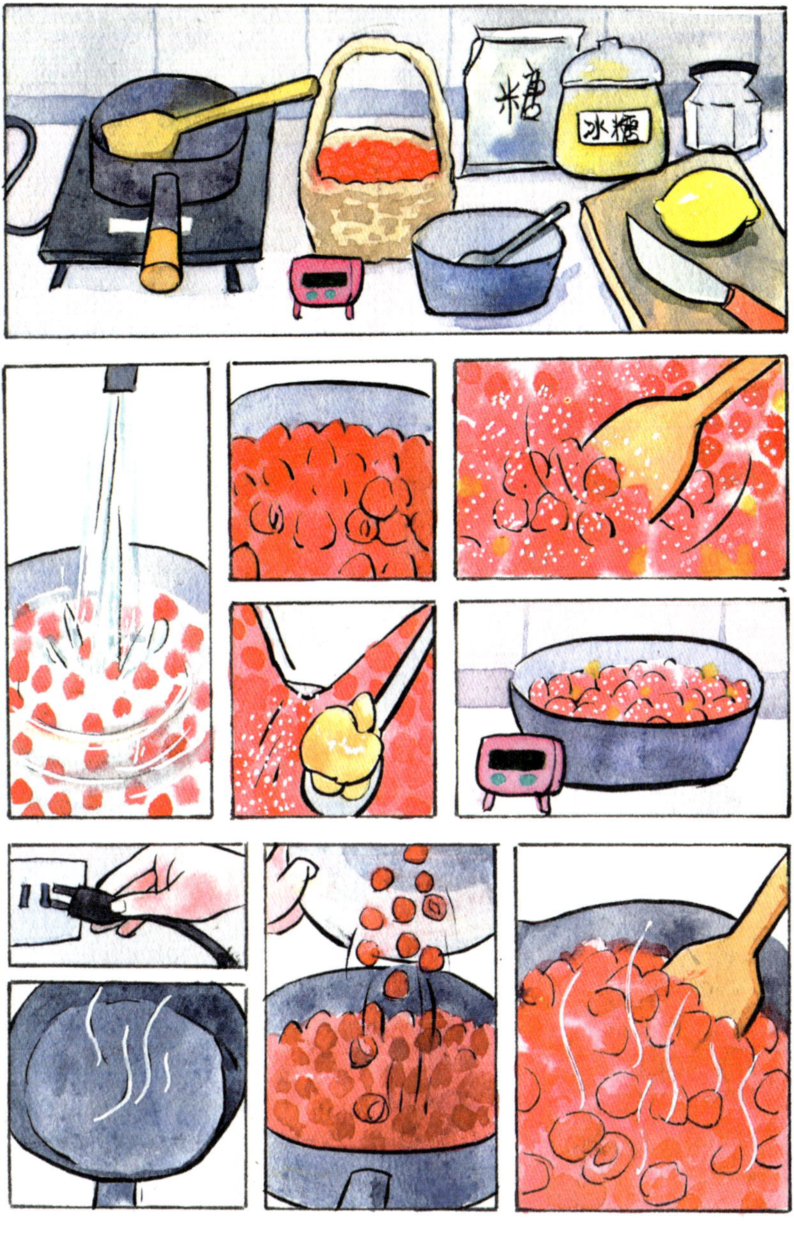
糖
冰糖

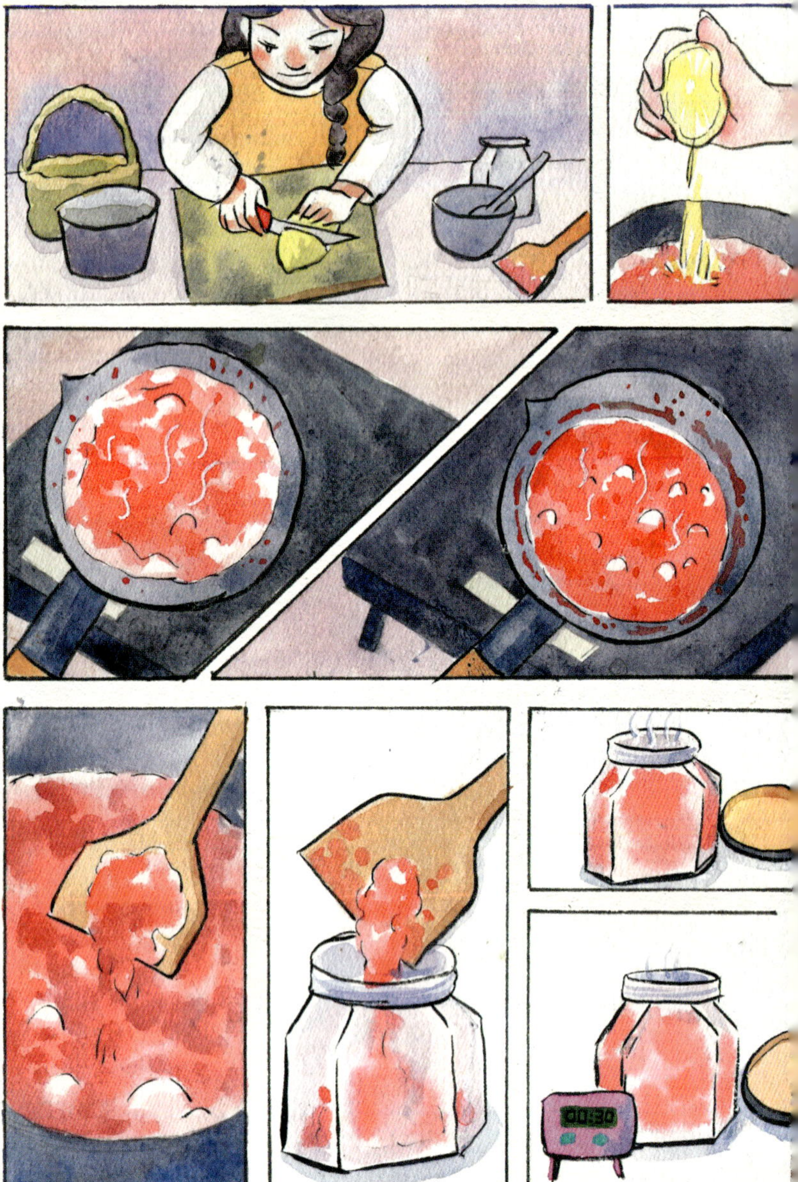
00:30

喵

山里的果子也并不是千篇一律的清甜。苦涩的胡颓子秋天开花，春天果红，果实要经历一整个寒冬才能由绿变红。红透的果实挂在枝头，看着诱人，入口却涩得要命。同样难吃的还有野李子，果实看似饱满，咬下去竟没什么汁水，还涩一嘴。山核桃、野板栗看着个头大，脱掉外面那层果壳一看，里头的果核小得不够塞牙缝。

野樱桃还算有几分姿色，奈何果肉薄薄一层，说是果皮直接包着果核都毫不夸张。话虽如此，我每年摘得也很起劲儿，因为这满树的果实从来不愁没人光顾，很快就会被鸟儿和昆虫吃完——它们可完全不介意汁水多不多、果肉厚不厚。

要说色香味俱全，我还是最爱姑娘果，学名毛酸浆。整个夏天，它都默默躲在草丛里，直到8月果红了才会被发现。朱孃孃每年都喊我去野地寻姑娘果吃，边摘边感叹："红姑娘可是个好东西，去火降热少不了它。"

摘回来的姑娘果色彩丰富，有渐变的层次，相比吃我更喜欢玩。将果实按照颜色接力摆放——绿、红绿相间、红、红褐相间、褐色——四季轮回，仿佛就浓缩在这小小的弧度里。

杀猪饭

小山村的年味,从杀猪饭开始。

养了一年的猪,肥硕健壮,浑身是宝,成了村民们庆祝丰收、维系情谊的载体。

头一回跟杀猪饭的主角近距离接触,还是在我家院子里。我正埋头画画,隐约瞥见一个粉色的高大身影冲进院里,紧接着是一阵哼唧哼唧的急促声响。推门一瞧,竟是只两百多斤的大家伙——李孃孃家的猪越狱了!猪兄不慌不忙,在院中悠闲散步。我饶有兴致地看着,体会被一只猪撞破宁静的奇妙感觉,玄幻,又有点滑稽。在李孃孃闻讯赶来前,我对猪兄道破天机:"不要吃太胖,否则会被杀掉。"事后证明,它并没有听从我的劝告。

村里沈姐家每年必做杀猪饭,邀请过去一年互相帮忙的朋友来享用年味。我的第一顿杀猪饭就是在这里吃的。从青草居去她家，需要徒步翻越两座山头。我到的时候，正赶上三位大哥给猪刮毛。大哥们分工明确，一人负责头部，一人负责身体，还有一人不断舀水，冲洗刮下来的猪毛。大伙儿有说有笑，手上的刮刀却一点不含糊。刮完猪毛，就该开膛破肚了。大哥们剖开猪肚皮，取出猪肺、猪肝、猪肚、猪肠、猪心这些内脏，一丝不苟地处理起来。

老木房子的红灯笼亮起时,屋内早已热闹起来。特制的番茄浓汤咕嘟嘟翻滚着,一盘盘猪肉、鸭肉、切片冷水鱼在桌上热烈地摆开,火锅的香气四散氤氲,驱散着冬日的寒意。

这样的场合,当然少不了自家泡制的"午夜狂奔"酒。听说喝了此酒能让人精神振奋,午夜里狂奔不止。泡酒的原料其实是淫羊藿的根和叶子。淫羊藿是一味中药,可以温补肾阳、祛风除湿。不过,从酒的取名来看,村民们显然有些夸大了它的药效。宴席间你来我往,碰杯吃菜,说说今年有多不容易,再聊聊子女让人操心的事。置身于这样的家常中,被山间的烟火气包裹着,我不免有些恍惚。

过年前,总有人家杀猪,大家伙儿吃完这家吃那家,来来回回像流水席一样。村民们彼此都是"竹根亲",随便哪家都有些沾亲带故。春夏秋三季因忙碌而疏于交流的情感,在冬天一次次吃饭、喝酒、吹壳子中迅速浓烈起来。

宰下的猪肉,一顿是吃不完的。除了赠予亲朋好友，还有一个储存和烹制的撒手锏——熏腊。把一部分肉绞成泥，灌进猪肠，另一部分划成块，撒上盐，钩上铁钩，统统挂到灶前的火坑头，熏成腊肉。开农家乐的人家还有专门熏腊的小房子，火不能断，一熏就是好几天，直到肉干变成油亮的红褐色。

冬日登高，总能望见家家户户的烟囱冒着烟，房梁上挂着熏好的腊肉香肠，就像这山里的日子一样，看得见，摸得着。

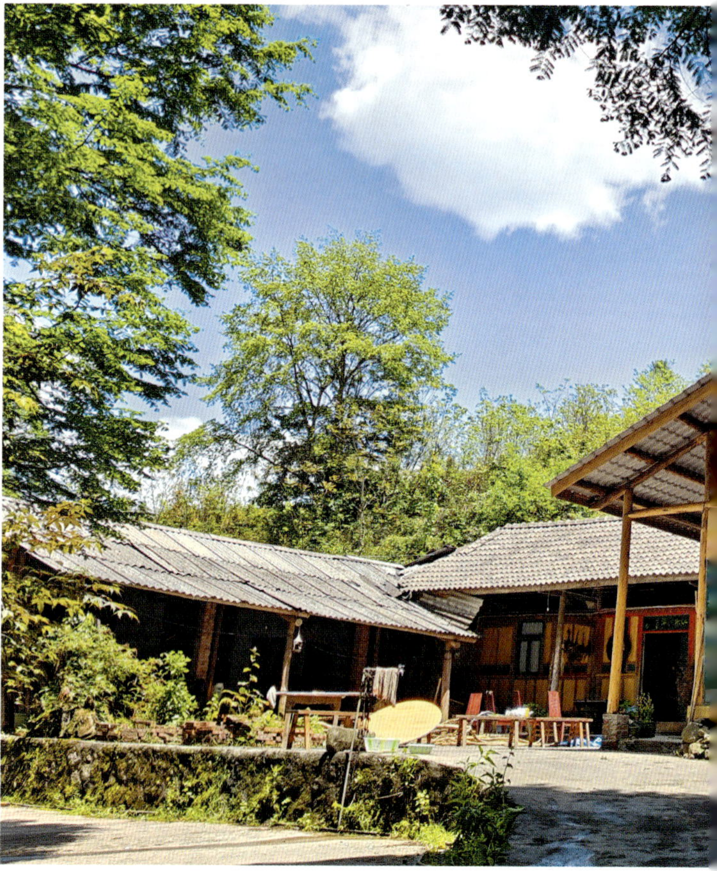

我的邻居们

白果仙

琉璃村有一棵活了千年的银杏树，枝长如伞盖，主干粗壮，四五个人手牵手才能合围一圈。村民奉为"白果大仙"。既是神仙，必少不了各路传说。

一说这树是明末一位商人栽下的。商人牵着马，驮五十斗银子爬上琉璃坝，想要施舍给穷苦百姓却没找见人影儿，无奈马也累死了，银钱驮不回去，只好就地埋起来。这棵树就是宝藏埋藏的标志。不过，几百年过去，也不曾有人当真寻到宝。

银杏树越长越大，粗壮的树干上垂下许多树乳。一位村民割下树乳，雕成婴儿模样，送给了久未得子的亲戚。一年后，亲戚竟得了个大胖小子。这下银杏树声名远扬，慕名前来的人或祈福，或求姻缘子嗣。仙树有求必应，大家的愿望大多都实现了。

从宝树到仙树，自然不能随意侵犯。于是又有一说，有个来村里探亲的木匠，见白果树这般高大，连声称赞好木材，抡起斧头就要砍。路人劝阻，怕伤了仙树遭报应。木匠不听，一斧头下去，豁口处竟流出血水。木匠吓得连夜离开，回去后久病不愈，咽气前为砍仙树后悔不已。

日子久了，大家越发好奇，这究竟是何方神圣？关于白果树真身的传说又应运而生。两名道士途经此地,见白果树灵气非凡,垂下的枝条如仙人裙裾一般,便欲探其真身。道士取出一个半平方米大小的木盘,里面盛放细沙,对着白果树一阵念念有词,沙盘上渐渐显出"白英仙姑"四字。乡里乡亲听说这果真是棵仙树,就在树前的平地上立了座"白果仙庙",供大家敬香祈福。

关于白果树的传说还有很多,都收录在《鸡冠山乡志》中。无需究其真假,多是人们对自然的敬畏,对美好生活的向往。

不过,这棵千年大树确实死过一回。据主持白果仙庙会的黄孃孃说,几十年前,银杏树身上扑朔迷离的传奇色彩,给它带来了厄运。"破四旧"的人们扛着锯子,一下午工夫就把树砍倒了,又用大火烧毁树桩,树前的庙也被推倒。据说,之后的一年里,那些参与砍树的人接二连三意外身亡。整个村子人心惶惶,可还是有些胆大的人想把树桩挖出来拿去卖。挖掘机都开到树脚下了,村主任和黄孃孃拼死抵抗,这才保住树根。

第二年春天,被烧毁的树桩竟从侧面冒出好些嫩芽。村民们激动万分,专门划出一块地方,将这棵历经生死的银杏树当作村里最大的宝贝供起来。

树是活了,可黄孃孃觉得要长久保住树,得把庙再修起来。她声称受到白英仙姑的启示,开始张罗修建事宜。生活拮据的日子里,每家每户只能出一点点木料,勉强将庙搭了起来。三十年间,前来许愿的善男信女越来越多,积攒了一些捐资,白果大仙庙终于得以翻新,才有了如今的样子。

一年还有三次庙会,都由八十岁高龄的黄孃孃主持。庙会当天,一大早就鞭炮喧天,好不热闹。有人点香敬神,有人跪拜祈愿,村里的妇女们在一旁准备斋饭。但凡有人许愿,黄孃孃都要在口中念一长串叫人听不懂的话,最后敲响台上那口大钟,算是把愿望递给了白果仙。有一回我禁不住好奇,问黄孃孃那一连串密语是从哪儿学的。她也不避讳,大方承认是白英仙姑教的,就在她筹备修庙那阵子,白英仙姑时常来到她床边,传授这段密语。

"既然有人教,那一定也知道白英仙姑的模样了吧?"我笑着追问。

"那当然,白英仙姑白白胖胖,高挑个子,里头穿白衬衣,外头套着深蓝色外套。"黄孃孃有模有样地答道。

庙会仪式结束后,大家围在一起吃斋饭,人多的时候十几桌都不够坐。说是斋饭,其实有荤有素,跟家常菜并无二致——趴趴菜、回锅肉、土豆炒肉等。吃饱和吃好是山里人最看重的事。同桌的村民叮嘱我,一定要吃三碗白米饭，去除"三灾八难"。每吃下一碗就有人帮我数一碗，引得一片哄笑。饭桌上，老人们讨论着村中大事，妇女们拉着家常，远道而来的客人将心底深处的秘密交付于白果树。

如果所求的愿望实现，第二年便要还愿，仪式很简单，在树上系一块红布便是。如今的银杏树上挂满了大大小小的红布。微风拂过，那些美好的愿望也随之化作一缕清风，在山谷间回荡，庇佑着这块土地上的人们。

朱孃孃

四川人对女性长辈一律都喊"孃孃",这大概是我听过最软糯的方言称呼。朱孃孃是我在村里认识的第一位孃孃,面庞圆润,身形健硕,腰间永远系着藏青色的围裙,略微凌乱的花白头发上总爱扣一顶帽子。她为人精明能干,人称"朱老板"。

这一声朱老板真不是白叫的。在与朱孃孃一次又一次的买卖往来中,我没少"上课"。比如我带朋友在村里闲逛,朱老板会专门寻到我们面前,问我要不要她种的菜,说要拿点给我。话虽如此,其实是想把菜卖给我的朋友。这番心思,朱老板从不明说,却总能等来有意向的人先行开口。也是经历了好多次,我才看懂这番操作。

不过,真正让我伤心的是买鸡蛋和修羊圈的事。

我常在张孃孃那里买鸡蛋，一块钱一个。朱孃孃见闺蜜的鸡蛋销路稳定，有些眼红，便寻思从中赚点差价。张孃孃心思单纯，人比较实诚，朱孃孃则思维活络，在赚钱这件事上脑子转得贼快。她撺掇张孃孃说鸡蛋卖得太便宜了，价格应该高一些。张孃孃觉得有点道理，却也不好意思跟我说。

于是朱孃孃自告奋勇，给我打电话："你张孃孃说一个鸡蛋一块钱太便宜了，往后要卖一块二。"过一阵子电话又打来："你张孃孃说一个鸡蛋一块二太便宜了，往后要卖一块五。"看我两次都没意见，过些时日竟又通知，鸡蛋涨到两块钱一个了。这回我可不乐意了，甚至有些难过。鸡蛋哪里买都差不多，我看张孃孃跟老伴儿两人住在村子最高处，上上下下很不容易，便想帮她销掉一些卖不出去的鸡蛋，多少钱一个本不在意。可是朱老板这些小动作，硬是把这份好意变得不再单纯。

羊圈也是类似的桥段。耕耘叔帮我修羊圈，需要一些木料，他提议去朱孃孃那里买点。前段时间，耕耘叔的儿子志勇哥养的羊啃了朱孃孃地里的树皮，两家正闹矛盾，吵得挺凶。我的高敏感雷达很快捕捉到耕耘叔想要缓和关系的用意，便爽快地答应，从朱孃孃那儿买了一些旧木料。事后我与耕耘叔聊到木材价格，收到如下评价："不愧是朱老板！"原来，那些旧木板、旧木条顶多两百块，朱老板却足足收了我五百块。感觉自己就像她地里的树一样，被啃了皮也不知道。

我把朱孃孃当邻居看待，她却把我当可以薅羊毛的外乡人，这着实叫人受伤。

不过，一个人怎么会只有一面呢。只要不跟钱扯上关系，朱老板还是挺可爱的。看到好看的花，她会摘来送给我。看到小鸟或大虫子，她会第一时间打电话叫我去拍照。

她有四个孩子，都去城里生活了，老伴儿也已去世多年，剩下她一个人住在山上。也不喂鸡鸭鹅，陪伴她的只有一台电视机。她经常把电视机调很大声，除了看新闻，还会放碟片。碟片是老早以前的《新白娘子传奇》《女驸马》《聊斋》等。《新白娘子传奇》她已经反复看了上百遍，可看到白娘子和许仙离别的场景，她依旧会掉眼泪。

有一回她突然来找我聊天，聊着聊着便提到去世的丈夫，眼泪直往下掉："他走以后，日子真是太难过了，太难过了……"我一时不知该怎么安慰，只好转移话题聊她的孩子。没想到朱孃孃哭得更凶了："他是家里老幺，我从小就最疼他，怎么还偷我钱跑下山了……"她语速飞快，夹着浓浓的方言，我听了整整

半小时才理清楚来龙去脉。

朱孃孃的四个孩子,老大老二老三很少回来,最小的儿子余老四,倒是过段时间就回来一次。每次回来,不是工作被辞退,就是嫌太辛苦不想干了。这次回来是因为把身份证和户口本弄丢了,一气之下,工作也不找就回山上了。可实在是没钱花,就惦记起家中老娘的钱袋子。回来这几天,看似安安分分待着,其实是在找家里藏钱的位置。寻到钱正准备开溜,被孃孃逮个正着。母子俩在院里拉扯起来,吵得实在厉害,耕耘叔都不敢劝架。僵持了一会儿,孃孃到底拗不过小伙子,一把被推开倒坐在地上。余老四就这样带着钱逃下山去了。

那可是钱啊,朱孃孃最看重的东西。连生病都不愿花钱去镇上的医院看,总是托人带药来将就着。这钱可是靠卖菜卖笋子一块一块挣来的啊。我更不知该怎么安慰她了,只好拍拍她的肩膀,说一些关心话。孃孃气愤道:"这样的儿子不要也罢!你等着看吧,我不会再认他这个儿子。"一个月过后,我去朱孃孃家串门，看见余老四又回来了。母子俩面对面吃饭，相安无事。

虽然朱孃孃总想着从我这儿挣点小钱，但不影响我仍把她当邻居来处，充个话费，交个电费，在网上买点东西什么的，不在话下。有时她也不让我白忙活，会送点蔬菜，或者给小羊带点新鲜叶子。冬天实在没什么可送，就从冰柜里拿出放了很久很久的豆子，有些已经散发出异味。我自然高兴地收下，因为那是她能给我的最好的东西了。

谢大哥

一个陌生女子上山独居，听起来多少有点安全隐患。这个隐患还是双向的。

那是刚住下的第二天午后，我正埋头画画，并未察觉有人靠近。突然，堂屋门口探出一个中年男人的脑袋，眼角的皱纹清晰可见，笑眯眯地来了一句："小姑娘，一个人住吗？"吓得我一把将笔甩出两米远。

惊魂未定之时，门边又走出几个中年男人，一下子挡住了屋外的光线。堂屋里瞬间暗下来，只留下几个高大的人影投在画桌上，还有我的脑门上。我在心里叫苦不迭："不会吧，大白天就有奇怪的人来搞事情……"

几下寒暄，才知道这几位是村干部，听说有外来人员住下，特意来看看。后来我才听说，他们是担心我无缘无故上山来，怕是什么逃犯或者毒贩子之类的，故而探个虚实。虽是误会一场，但谢大哥从门口探出脑袋的表情，至今想起仍不免惊心动魄。

相处久了，才发现谢大哥极为热情好客。作为我们村六组组长，他做任何事都尽心尽力。换门牌号，会亲自给每家每户送去。组上老人多，每年就固定时间帮他们买老年保险。夏季遇上暴雨，定要给每家打电话询问情况。村里人都亲切地称呼他"谢经理"。

谢经理家大业大，做民宿和药材生意，农场独占一个山头，种植白及、黄连、黄柏之类的中药。

走进他家，一股浓浓的文艺气息扑面而来。墙上挂满字画，都是往来住店的"文化人"在社牛谢大哥的邀请下留下的墨宝，谢大哥每一幅都如数家珍。民宿小院的东侧，专门置办了一间书房，这在整个琉璃村是独一家的。说是书房，主要还是用来喝茶待客。书架上的书多是气氛组，还有一些当地乡志、某某领导送的奥运图册之类，收藏得十分妥帖。窗前甚至还有一架电子琴，初次登门时，听谢大哥简单弹奏过一些 do re mi，虽然有个别琴键已经失声，但演奏者快乐的情绪充满了感染力。

山中村民好饮酒，吃饭的时候不喝上两口，就觉得少了点什么。有一回，谢大哥跟我的房东喝酒，喝着喝着上了头，两人因为地里药材的事吵起来，还动手打了对方。大伙儿极力劝阻，两人才停手，各回各家。令我惊讶的是，第二天酒一醒，两人又凑到了同一桌吃饭喝酒，继续哥俩好。要是换作我，跟人吵完打完，第二天肯定抹不开情面再相见，所以我几乎从不跟人吵架。这种昨日归昨日、过眼皆云烟的飒爽，还真叫人羡慕。

我和谢大哥的革命友谊真正得到升华，还是在一个下雪天。

谢大哥知道我爱闲逛，邀我一同去高处看雪。那天的雪特别大，一脚踩下去都没到了膝盖上。整个村子被树林包裹着，被白雪覆盖着，宛若仙境。我边走边拍照，谢大哥则一路感慨："我儿子女儿都不愿爬这山坡咯。"

谁知，那年的大雪造成了雪灾，谢大哥的中药地

损失惨重，我拍的照片竟成了受灾实证，让谢大哥顺利申请到一笔补偿金。这之后，但凡有往山里走的机会，比如挖野菜、寻天麻、摘山泡，谢大哥都会喊我一道。

　　山上的人就是这样，一旦恩情被记下，便一直记得你。如此想来，我一个人之所以能长久住下，也是多番受了村民们的照顾。

叔和大爷

琉璃村常住人口约两百人，平均年龄五十岁左右。山里湿气重，又刚好位于华西雨屏带中心，全年一大半时间都在下雨，老人们多少都有些关节炎。不过，他们给我的印象却总是弯着腰，面朝土地默默劳作。

春天翻土种药材，夏天张罗农家乐，地里还有拔不完的草，秋天天一凉，就开始进山种竹子、砍竹子，直砍到下雪为止。冬季总算没了农活，可也根本闲不下来，编一编来年用的背篓簸箕，杀杀年猪，熏熏腊肉，灌灌香肠，再互相串串门，也够忙一季的。

这些忙碌的身影中，最能干的非耕耘叔莫属。他个子瘦高，不抽烟，不喝酒，话不多但热心肠。我在山上搭羊圈、围菜地、安装进院小木门，都没少麻烦耕耘叔，甚至家里的小篮子也都是他帮忙编的。冬天水龙头冻爆了，我首先想到的求助对象，也还是耕耘叔。

耕耘叔家的药材地收拾得整整齐齐，看不到一棵杂草。我出门遛羊，常见他和余嬢嬢搬俩小凳子，坐在地里拔草。土地也没有辜负老两口的苦心，长出来的药材尤为饱满。收药材的老板每次上山，总是直奔耕耘叔的地里淘宝贝，然后再去别家。

耕耘叔不仅药材种得好，种菜也是一把好手。种出的南瓜色泽艳丽，绵软爽口。平常的青菜、辣椒、茄子更不在话下。最叫人叹为观止的还是他种的土耳瓜，也就是佛手瓜，有一年夏天竟结了一千多个。

一千多个！耕耘叔凭此战绩成为琉璃村的"瓜王"，实至名归。这些瓜陆陆续续一直收到入冬前，给邻居们分了一大圈也没能吃完。

那年夏天，耕耘叔不知背了多少箩筐瓜回家，沉甸甸的，却也满心欢喜。他总说，人最重要的是吃、住、睡，把这几样做好便好了。努力劳作，享受劳作，把家人照顾好，就是他的人生。生活简单，精神富足，或许正是他看起来比同龄人更年轻硬朗的原因吧。

不过，也有不干活儿的活法。包大爷就是其中一个。年轻时用力过猛，长年累月的劳作给身体留下不少伤痛，加上山里湿气所赐的关节炎，一身的老年病。有时走一小段路就喘得不行，出不了远门，只能在家窝着。

在家的包大爷，颇有一些动物缘。他养了两条狗，主人走到哪儿，狗就跟到哪儿。有一回他家飞来一只信鸽，脚上还戴着蓝色脚环。鸽子翅膀受伤飞不起来，就在包大爷家住下了。包大爷喂了几天，这信鸽竟也跟他形影不离，走哪儿跟哪儿。两只小土狗不乐意，偶尔冲鸽子吠两声，但知道主人喜欢，不敢做什么出格的事。倒是小猫米汤总惦记着,好几回暗中下手,得亏鸽子反应灵敏,这才相安无事。

通常入了夜,我总喜欢把院子灯打开,睡觉才关掉。有一回,包大爷见我一整天没露脸,天黑了也不亮一盏灯,以为我病倒了,于是摸黑来查看。见我没事,这才转身回去,后头跟着一只鸽子两只狗。灯光将他们的影子越拉越长,莫名叫人安心。

包大爷的老伴儿李孃孃,每年都要专门走路去更深的山里祭拜。那儿有一尊刻在大石头上的观音像。我陪着去过两三回,李孃孃每次所求,不过就是希望她和包大爷的身体少些疼痛。

这确实是他们生活中最迫切的需求,以至于一不小心就会被骗子乘虚而入。包大爷曾经刷到一个广告,号称是能缓解身体疼痛的神药。文章说得有鼻子有眼,什么名医推荐,祖传秘药,只要喷一喷,什么疼痛都没了。他满怀期待地跑来让我帮忙网购。我一看这文章,阅读量不到五十,"不要998,也不要98,只要48……疼痛一扫光的不传神药",怎么看都不对劲儿。我当然没有买,告诉他网上的东西不要随便信,还是正经去医院靠谱。包大爷有些失落地回了家。是啊,没有神药,这满身疼痛,又有谁能替他承受呢?

不过,在老伴儿的照顾下,包大爷的老年生活不可谓不闲适。李孃孃每天都会把饭做好,喊他吃饭的声音中气十足,隔着一条溪我都能听到。我一直纳闷,为什么大家都喊他"大爷",而管跟他岁数相仿的耕耷叫"叔"呢？有没有可能，包大爷每天只负责吃，吃完带着狗和鸟四处溜达，可不就是一副大爷做派？

　　后来那只信鸽不见了，不知道是米汤终于得手，还是它养好翅膀飞走了。

过年

一个人在山上过年,也不知道要张罗些什么。

年前下山赶了一次场,添置些炭火,买了菜肉、几捆小烟花,为两把藤椅添了软垫,当然还有一些零嘴小吃。将院前的最后一批落叶扫净,往瓶里插一束山茶花。

除夕这天,时不时有邻居来喊我一起吃年夜饭,我都婉拒了。一来想试试一个人过年的感受,二来人家难得团聚,我怕扰了气氛。

一个人的年夜饭,少说也得四菜一汤:回锅肉、腊肉炒土豆、爆炒青菜、萝卜焖肉、莲藕排骨汤。做了那么久的饭,我的厨艺还是差强人意,并且毫不优雅,炒菜不是火候大了,就是被热油溅到原地弹起。什么时候能像我爸那样从容挥铲就好了。

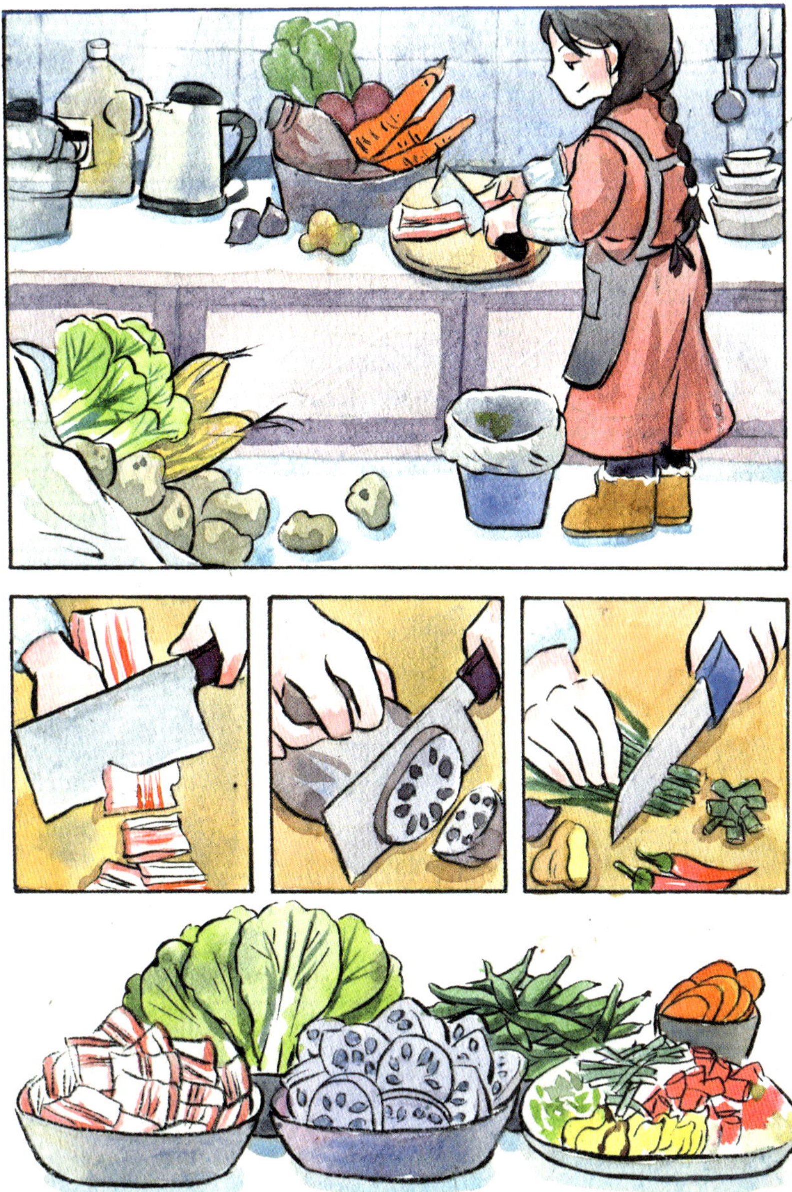

用杉木引火

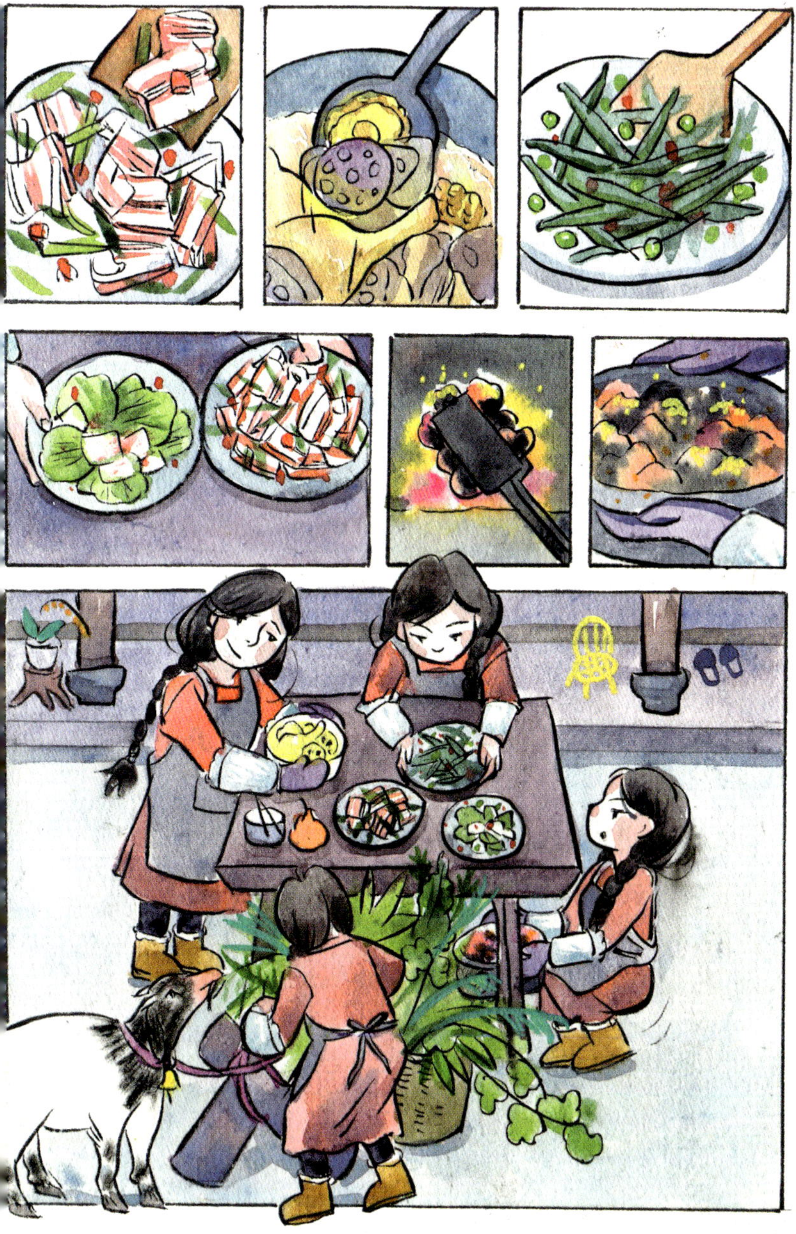

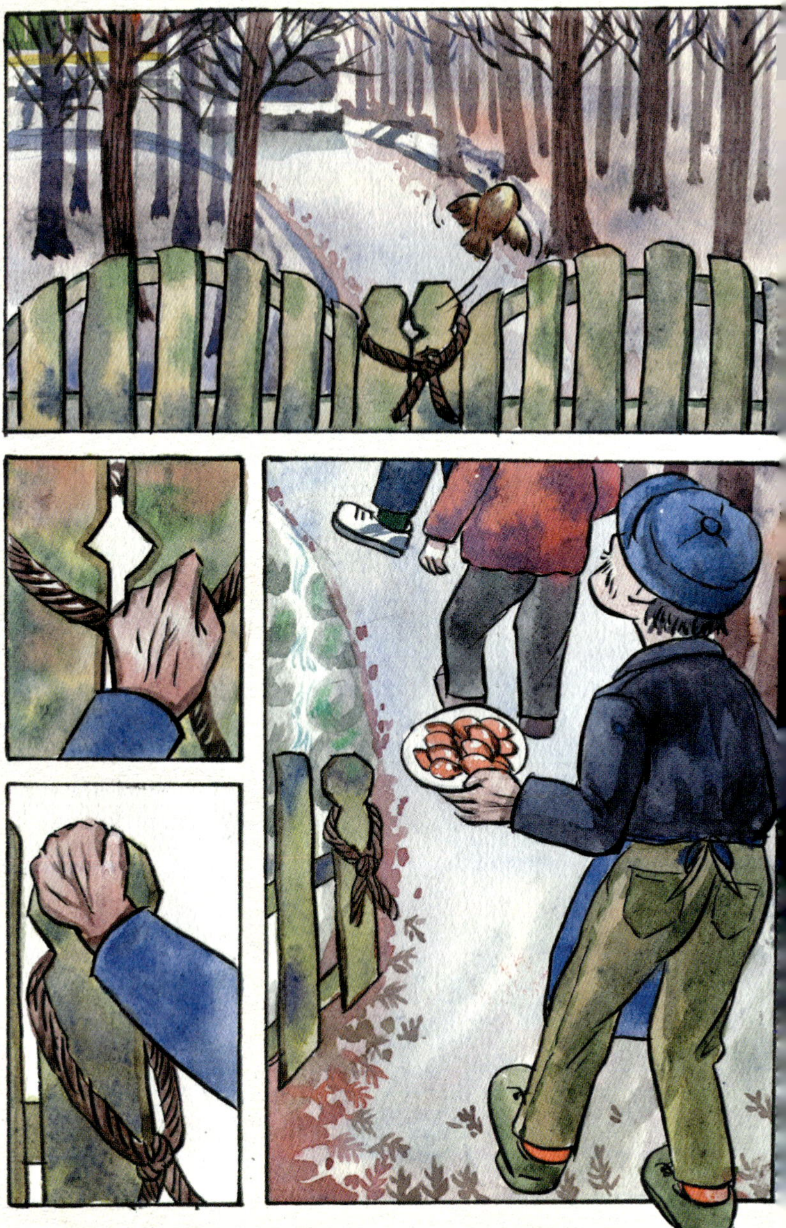

菜炒好，花生、瓜子、零食果盘一摆，年味就上来了。琉璃和五谷的年夜饭自然也不能少，一大筐新鲜叶子满满当当。为了和小羊共进晚餐，我特地把桌子搬到院子里，底下放个炭盆取暖。一个人两只羊，勉强算是三口之家了。

刚要动筷，就听见一串脚步声靠近。朱孃孃、志勇哥、李孃孃、包大爷和耕耘叔陆陆续续都到了。原来，他们早早吃过饭，陪我一起吃年夜饭来了。大家围桌而坐，嗑着瓜子谈笑风生，好不热闹。

聊了一圈下来，李孃孃关切地拉起我的手，问道：

"有男朋友吗？"

"没有。"我心头一惊，这在老家过年的戏码，上了山还是躲不过啊。

"那我给你介绍一个？"

"这个——不急嘛，我想等一个心灵相通的。"

"哎呀，你说的这些不实在，我也不懂。男方嘛，有积蓄，身体好，你不要太辛苦就行！"

我只好点头如捣蒜，猛扒两口饭。

其实在这之前，朱孃孃也给我介绍过一个对象，准确说是"被相亲"。那天，她带着三五个人来到院中，说想在这儿坐坐，还特意让一小伙坐我对面，说是她的什么远房亲戚（方言说太快了我没听懂）。"这小伙子啊，好得不得了，工作稳定，人也好，还会做一手好饭，你觉得他怎么样？"这下给我问愣了，原来是在相亲啊。朱孃孃拿捏住节奏，接着说："他家在城里头有房有车，老家在山上，你要是喜欢住山里，等你们结婚了，在山里再盖个新房也行。"小伙子全程微低着头，一句话没有，孃孃圆场说他是害羞。我赶紧回绝，生怕说得不够清楚，往后横生枝节。

好在，山上的催婚仅限于试探，大家得知我的想法后，并不继续纠缠。相较之下，老家七大姑八大姨的炮火才堪称猛烈。通常先摆出不结婚的后果——现在不早点结婚，以后就生不了小孩，老了没人照顾你。见我敷衍点头，又把矛头指向我父母——不结婚就是不孝，就是你爸妈这辈子没做好父母，你看你妈天天以泪洗面……

这样的话听多了，爸妈真觉得我不结婚是他们失职，人前人后抬不起头。我妈就爱用这招让我心存愧疚，我爸呢，总在四下没人时悄悄对我说："我们不是逼你，但你要把结婚这件事放心上，多努努力啊。"我倒也不是不婚主义，但着实没遇上合适的对象。有次实在被说急了，脱口而出："我和别人不一样，别用这些来要求我！"我妈听了气急败坏："你有什么不一样，不是两个眼睛、一个鼻子出气啊？别整天胡思乱想，还是找个人更靠谱。"我哑口无言。是啊，我有什么不一样？

父母辈对幸福生活是有标准答案的。在我妈看来，女孩一定得找个人依靠，儿孙绕膝才算美满。这些观念我无力改变。从小到大，我一直活在平庸的美好里，在父母的偏爱下天真到有些傻气。对于家庭的渴望，二十多岁幻想过，那时候认为幸福就一种：有个房子，爱的人在身边，有一两个小孩。后来因为会画点画，认识很多朋友，再加上十年的居无定所，才逐渐窥见了自己。

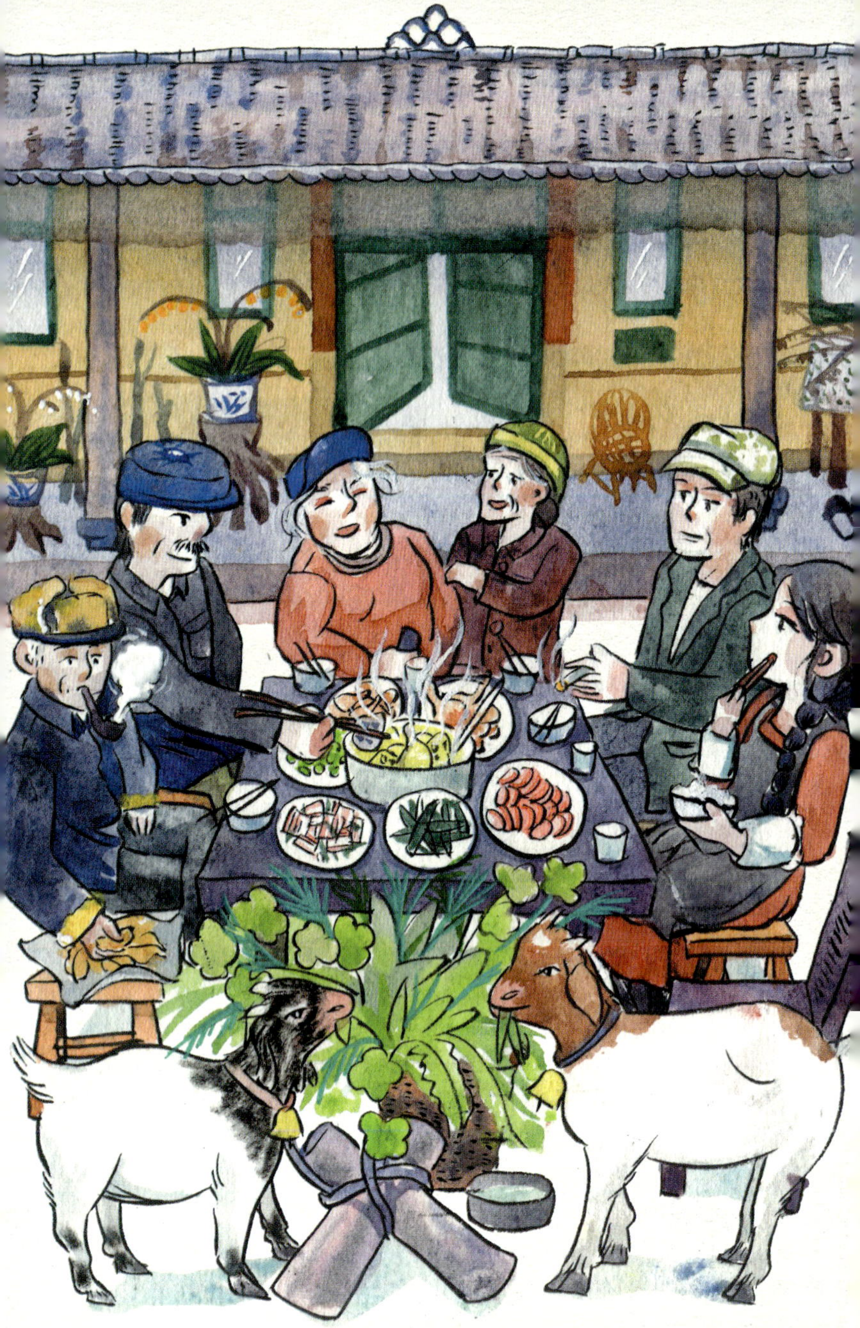

毛姆在《月亮与六便士》里写道："我承认这种生活的社会价值，也看到这种按部就班的生活自有幸福之处。但我的血液在沸腾，渴望踏上一条波澜壮阔的人生旅途，这种安详宁静的生活固然快乐，却似乎叫我不安。我的一颗心渴望冒险时刻，时刻准备翻越怪石秩秩的高山，渡过暗流涌动的险滩，我渴望变化，渴望一种无法预见的激动人心的生活。"

我所说的"不一样"，大概就是那颗不安又渴望变化的心。当我动了搬进山里的念头，并且真真正正做到后，才知道人的活法可以有这么多种。城市、山间、草原甚至荒漠，都有人在生活——人在哪里都可以活着，关键看自己想要什么样的生活方式。在时间的流逝中，有幸的人能窥见自己的内心，也就能找到答案。我想我找到了，并将努力地、持续地探索着。

邻居们的到来，像是给青草居丢下一串爆竹，噼里啪啦，搅动了年的思绪，惆怅的，温暖的，微小的，沸腾的。不管是哪一种生活，都要活得丰富而坦荡吧。

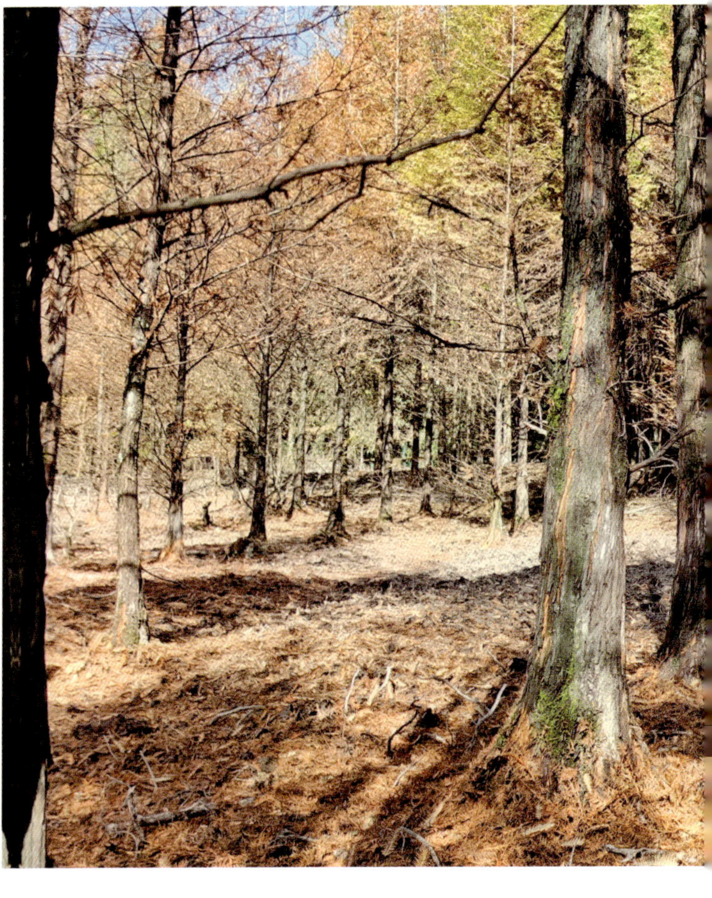

后记

后记

2016年，我到四川崇州鞍子河自然保护区当驻站志愿者，在巴栗坪保护站经历了一年四季，心中的诗意花草在此萌生。见过真正的原野后，城市的生活再也无法满足我。2020年9月，我决定回到鞍子河。

当地的大哥大姐很热心，帮我找了好几处闲置的老房子。逐一看过后，只有青草居，让我第一眼就觉得"是这里了"。

来到琉璃村的那一天，阳光很好。进村的路滑坡了，一块大石头挡在中间，变道的溪水干脆在路间流淌。视线越过大石头，能看到一只青蛙在马路上晒太阳。再往上走五百米，就进到了青草居的院子里。暖黄色的木屋旁摞着几个蜂箱，一条小溪穿过院子，夏日明亮的阳光穿过叶片打在水面上，衬得溪流越发青绿。爬到后山，视野开阔，看到一丛紫色的醉鱼草，心里喜欢，就这样住了下来。

写下这篇文字的时候，我已经一个人在山上住了快四年。"春分秋分，昼夜平分。大雪小雪，烧锅不歇。"这是鸡冠山当地的俗语，也是山居生活的写照。在这里，我与自然同频，在合适的季节做合适的事情，看花、戏水、观叶、赏雪。偶尔风花雪月的诗意浪漫，时常起居生活的琐碎。每天都有具体的事情排着队等我：有饭要做，有碗要洗，有草要拔，有菜要种，有羊和猫要喂，有院子要打扫……不过，也正因为有了这些具体的事，才让我在想画就画时，格外安心。

记得来这儿的第一年，我总想着完美地规划所有事情。琉璃村没什么超市和饭馆，每天得自己开伙，买食物和生活用品要到三十多公里外的镇上。每次下山都是一场鸡飞狗跳。为了对得起来回八十四元车费，我总是提前写好采买清单，恨不得下一次山就把能办的事都办了、能买的东西都买了。但现在，我不再惧怕"未完成"。

这番笃定,来自山居带给我的视角转变——群山绵绵,横着走很长很长,竖着走很深很深,如果山野无尽,生活又怎会有止境?

或许你也曾对山居生活起心动念,却迟迟没有动身,一定是担心最后会逃回城市吧。

其实,山居第二年,我也有过搬离的念头。没有了初来乍到的新鲜劲儿,一切归于平常,甚至和城市生活开始趋同。但我很明确地知道,那又是一种逃离,就像当初离开城市一样。我所追求的"新",不过是躁动不想停歇的内心,和住在哪里并没有直接的关系。重复是生活的一部分,一如这四季轮替的山林,却在每一次重复中,永恒地变化着。这样的变化,留给每一个有心人去发现,去创造。

最后,作为一本书的结尾,总要感谢几个人。

首先要感谢我自己——那个没有百分之百信心,却有着百分之百勇气的姑娘,真的做到了一个人在山上生活,还一住就是四年!

感谢对我照顾有加的村民们。

感谢山林给予我的滋养。

感谢见过面及未见面的朋友们。

我的山居生活因为大家,有了更多可能性。

感恩一切!

拾落

2024 年夏

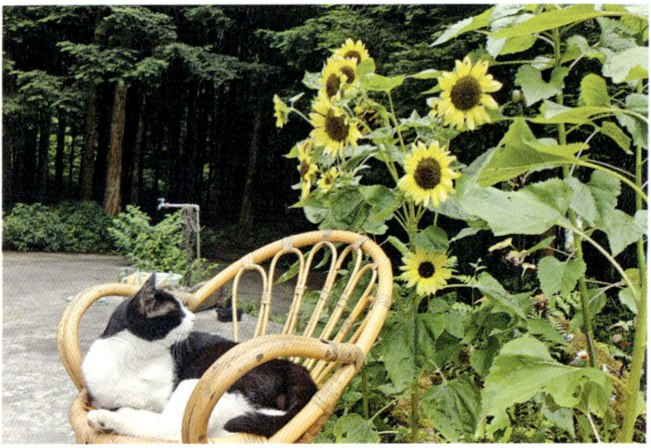

我和琉璃的山居四季

作者 _ 拾落

产品经理 _ 杨珊珊　　装帧设计 _ 朱大锤　　产品总监 _ 周颖
技术编辑 _ 顾逸飞　　责任印制 _ 杨景依　　出品人 _ 吴涛

果麦
www.guomai.cn

以 微 小 的 力 量 推 动 文 明

图书在版编目（CIP）数据

我和琉璃的山居四季 / 拾落著. -- 天津 : 天津人民出版社, 2024.8. -- ISBN 978-7-201-20626-4

Ⅰ.I267

中国国家版本馆CIP数据核字第2024TG7246号

我和琉璃的山居四季

WO HE LIULI DE SHANJU SIJI

出　　　版	天津人民出版社
出 版 人	刘锦泉
地　　　址	天津市和平区西康路35号康岳大厦
邮政编码	300051
邮购电话	022-23332469
电子信箱	reader@tjrmcbs.com
责任编辑	燕文青
特约编辑	康嘉瑄
产品经理	杨珊珊
装帧设计	朱大锤
制版印刷	河北尚唐印刷包装有限公司
经　　　销	新华书店
发　　　行	果麦文化传媒股份有限公司
开　　　本	770毫米×1092毫米　1/32
印　　　张	6.5
印　　　数	1-8,000
字　　　数	80千字
版次印次	2024年8月第1版　2024年8月第1次印刷
定　　　价	49.80元

版权所有 侵权必究

图书如出现印装质量问题，请致电联系调换（021-64386496）